U0658656

69

[日] 村上龙

董方 译

上海译文出版社

献给那时的朋友们……

目　录

阿尔蒂尔·兰波

（Arthur Rimbaud）[1]

1969年这年，东京大学停止了入学考试。披头士乐队发行了《白色专辑》《黄色潜水艇》和《修道院大道》，滚石乐队发售了最佳单曲《夜总会女郎》。还出现了一群被称为嬉皮士的人，他们留着长发，呼吁爱与和平。巴黎，戴高乐下台；越南，战争仍在继续。与此同时，高中女生开始使用卫生巾，而非棉球。

就在这么一个1969年，我从高二升入了高三。我所在的学校，是一所位于西九州基地所在地的普通升学高中。因为是理科班，班上一共也只有七个女生。我高一、高二都在纯男生班，现在能有七个女生已经很不错了。基本上，瞄准理科班的女生大多是丑八怪，不幸的是我们班上的七个女生中也有五个丑八怪。剩下两人中一个叫望月优子，木材商的女儿，长得很像丘比娃娃。

可这个丘比娃娃只对《图解式数学ⅡB》和旺文社出的那本红皮的英文单词集感兴趣。我们私下都在传，说她的那里大概是木头做的吧。

另外一个美少女叫永田洋子，和三年后震惊社会的联合赤军首领同名同姓[2]。不过我们的永田洋子可不是甲亢患者。

有个幸福的小男生，曾经在幼儿园时和我们班的永田洋子一起学过风琴，那家伙的名字叫山田正。别看这名字简单得出奇，只是由三个连小学一年级学生也认识的字排列而成，他可是个立志要进国立大学医学系的高才生，人又长得帅，在其他学校也是远近闻名。

唯一可惜的是，他的帅气并不完美，有点土。原因之一是他的长相受了偏远地区的影响。山田正不是城里人，而是来自城外的矿区村镇。如果我们讲的算是方言的话，他那口独特的矿区村镇口音就得称之为"超级方言"了。不仅如此，他的用词也特别别扭。遗憾！如果山田正毕业于城里的初中，也许就能弹弹吉他，飙飙摩托，对摇滚也能熟门熟路，到了咖啡店里不是老点咖喱饭，也能像模像样地点上杯冰咖啡，说不定还能偷偷利用当时尚在地

---

1 阿尔蒂尔·兰波（1854—1891），法国诗人，早期象征主义诗歌的代表人物之一，开启了新现实主义诗歌流派。
2 永田洋子是日本恐怖组织联合赤军的首领之一，1945 年生于东京，1969 年加入联合赤军的前身组织，1971 年参与组建联合赤军并参与制造多起恐怖事件，1972 年被捕，1993 年被判处死刑，因身患重病和同案犯尚未归案，羁押至今。

下流行的大麻，求那些高中太妹让他来上一发。

尽管如此，这都不能改变山田正长得帅这个事实。当时，我们都管他叫"艾达玛"，因为他跟法国歌手艾达莫[1] 长得很像。

我的名字叫矢崎剑介，大家都管我叫剑介、剑、小剑、阿剑、剑仔，或者剑剑，不过我喜欢人家叫我剑，我都让那些特别铁的哥们儿叫我剑，原因是：我喜欢一部叫做**《狼少年肯》**的漫画[2]。

1969 年，春。

那一天，高三第一次统考结束，我的成绩差极了。

从高一到高二，然后到高三，我的成绩明显一年不如一年。其原因当然多种多样，比如说父母离婚、弟弟突然自杀、我对尼采着了魔，还有祖母得了不治之症。不过这些都是幌子，理由非常简单，我只是变得讨厌念书了而已。

不过，那时轻轻松松地拿"屈服于应试教育的家伙，都是**资本家走狗**"这种话来当借口的风潮也确实存在。全共斗[3] 虽说大势已去，但也让东京大学中止了入学考试。

---

1 萨尔瓦多·艾达莫（1943— ），出生于意大利，以一首家喻户晓的《下雪了》成名于 20 世纪 60 年代。
2 "剑"与"肯"在日语中发音均为 ken。
3 发生在 1968 年到 1969 年的日本全国性学生斗争运动。

曾经有一种轻率的期待，总觉得世道也许会改变。所以，当时弥漫着这么一种风气——说是为了适应这种改变，就不能指望考大学什么的，与其那样还不如吸吸大麻来得好。

当时艾达玛就坐在我身后。"好，现在把答卷从后往前传。"每当老师这么一说，我就可以瞄到他的卷子，艾达玛的答题量起码是我的三倍。

考试全部结束后，我想逃过班会和大扫除，于是努力鼓动艾达玛跟我一起开溜。

"喂，艾达玛，知道 Cream[1] 不?"

"cream? 冰淇淋的 cream?"

"笨蛋! Cream 是一个英国乐队的名字，不知道了吧?"

"不知道。"

"你，你太落伍了。完蛋了你。"

"完蛋? 为啥?"

"那你知道兰波不?"

"也是乐队?"

"笨蛋! 是诗人啊。你自己读读看啊，喏，这里!"

我把兰波的诗拿给艾达玛看。要是他拒绝我说不看就好了，

1　奶油乐队，1966 年创建，是最早的超级摇滚乐队之一。

可是，艾达玛却大声朗读起来。现在回想起来，那一瞬间大大地改变了艾达玛的命运。

找到了！

什么？

永恒。

那是融有

太阳的大海。[1]

三十分钟后，我们来到离学校很远的市立动植物园的长臂猿笼子面前。考试完毕、班会结束后就是午餐时间，接着是大扫除。在逃掉一整套日程安排之后，我们的肚子饿了。对艾达玛来说，来往于矿区村镇和学校之间实在太远，他就在城里租了房子，那里还给他提供便当。

我没带便当，不过从老妈那里拿到一百五十块日元当作餐费。如果有人对一百五十这个数字感到吃惊的话，那就要归功于过去十五年的通货膨胀了。我家绝对不属于极其贫困的家庭，在当时1969年，一百五十块可是一笔不小的金额。真要是极其贫苦的人

1　王道乾译。

家的小孩，就只能靠五十块来填饱肚子，比如买二十块的牛奶、十块的豆沙面包和二十块的咖喱面包。

而一百五十块的话，不但可以吃碗拉面，喝个牛奶，还可以把咖喱面包、菠萝面包、果酱面包统统买下来。尽管如此，我还是省下了牛奶，只买了一个咖喱面包凑合凑合，把多余的钱全都存起来。说这个钱存着是为了买萨特、热内、塞利纳、加缪、巴塔耶、法朗士还有大江健三郎的书，那都是骗人的。不过要去咖啡厅或迪斯科泡**美女率**百分之二十以上的私立纯和女子学园那帮软派女高中生，这些钱就必不可少了。

我们这个城市里，有北高和南高两所县立普通高中、一所县立工校、一所市立商校、三所私立女子高中以及一所私立普通高中。我所居住的这个城市并不是什么大都市，所以私立普高就成了差生汇集的地方。

我就读的学校——北高，**升学率**在市里可是响当当的，南高次之。工校的强项是棒球，商校以丑女遍布闻名。私立纯和女高属于天主教学校，也不知道是不是因为这个，她们的美女比率就是高。私立山手学园的女生由于流行用老式收音机的真空管当作自慰工具，后来连续发生多次爆炸事故，所以都说她们那里盛产"瑕疵品"。私立光化女校的女生几乎都比较内向，引不起什么话题。据说私立普通学校旭高的男女生只要一摇头，就会发出咔啦咔啦的干巴巴的声音。

要说北高男生的身份象征，首先要有一名北高英语剧团的女生做女朋友，找纯和制服派做恋人，纯和私服派做情人，要能看到山手学园的"瑕疵"处，还要让光化女高和旭高的女生出钱养着自己。当然，无论是现在还是以前，都不可能把这些好事占尽。因此，暂且先把这身份地位搁一搁，找一个到手快的对象才是当务之急。所以，就算有一百五十块这么一大笔钱，也只能买个咖喱面包充饥过活。

"哦，那我去买一个咖喱面包。"

在长臂猿的笼子前，我死命盯着艾达玛的便当对他说。

"分你一半，一块吃好了。"

艾达玛边说边把宿舍准备的那份少得可怜的便当分出一半，放在便当盒的盒盖上。从学校到动植物园的电车钱也是他出的，而且他原本一定是想要出席班会，大扫除也会去负责擦玻璃窗，这么一个认真的艾达玛，如果我再好意思接受他的便当，实在是太不知羞耻，所以我婉言拒绝了。当然，这又是我在胡说。为什么明明有三个竹轮，他只给我一个？这小子是不是也有点太小气了。我深感他将来不该当医生，而是更适合干与金融相关的工作。我边想边消灭了半盒饭，前后不过三分钟。

就像刚刚认识的情侣出去郊游时常有的情况一样，吃完午饭，我们变得无所事事。抱着无聊的情绪继续看长臂猿的话，会让人发火。如果是吃饱的情况下，或许还能睡个午觉，不过寒酸的宿舍准备的半份便当，不可能让我睡得着。

实在没什么事情可做，我们当然只能闲聊。

"阿剑，你准备上哪儿的大学？"

"哎呀，别叫阿剑阿剑的。你能叫我剑吗？我讨厌人家管我叫阿剑！"

"行，好的。想上医科对不？高一的时候好像听你说过。"

基于以下四个原因，使得我当时在学校里也算小有名气。第一，高一秋天那会儿，参加了旺文社举办的一次统一考试，考试对象仅限于想报考医大、医科的学生。那次全国共有两万人参加，我的成绩排在第三百二十一名。第二，我当时是一个摇滚乐队的鼓手，会演奏披头士、滚石、沃克兄弟[1]、普洛可哈伦[2]、门基[3]、保罗·列维尔和奇袭者，以及其他很多乐队的曲目。第三，参加报社，没有经过顾问老师的批审，擅自出报，因而受到三次**禁发回收**的处分。第四，高一下半学期，本想在高三同学的欢送会上

---

1 沃克兄弟，20世纪60年代的英国知名乐队。
2 普洛可哈伦，英国前卫摇滚乐队，成立于20世纪60年代早期。
3 门基，美国本土四人乐队，最初在一档儿童节目中演出，1967年成为全球最受欢迎的流行乐乐队。在美国，其唱片销量超过了猫王和披头士乐队。

排练一场以三派全学连[1]为反对美国核动力航空母舰靠岸而斗争为背景的戏为他们送行，结果在老师们的极力反对之下，此计划不幸夭折，因而被认定是个怪人。

"上什么医科，摆明了考不上嘛！"

"那文学系咯？"

"也不念什么文学系。"

"那干吗老念诗呢？"

我不能告诉他念诗是为了泡美眉，艾达玛是个硬派分子。

"我其实不喜欢诗，不过兰波除外。知道兰波啊，算是最基本的了。"

"最基本？"

"兰波对戈达尔[2]的影响不小，你知道不？"

"啊，戈达尔晓得，去年世界史里学过。"

"啊？世界史？"

"不就是印度诗人吗？"

"嗨，那是泰戈尔，戈达尔是电影导演！"

接着，我对艾达玛做了一番有关戈达尔的讲演，约有十多分

---

1 全称为"全国大学自治会总连合"，1948 年 9 月成立。
2 让·吕克·戈达尔（1930— ），法国导演，新浪潮电影的代表人物之一。

钟。例如，作为新浪潮电影的先锋人物，他推出了一部又一部革命影片，《精疲力尽》中精彩的最后一幕、《随心所欲》中不合逻辑的死，以及《周末》中颇具破坏性的剪接手法，等等。当然，戈达尔的电影我一部也没看过，他的影片是不可能来西九州角上这么一个小城市上映的。

"不过哦，依我看来，文学啊、小说啊都已经太老套了。没戏了!"

"那电影呢?"

"不行，也跟不上潮流了。"

"那还有啥搞头?"

"要搞**文艺盛典**啊! 电影、戏剧，还有音乐全部搞在一起。你懂吗你?"

"不懂。"

没错，我想做的就是搞一个文艺盛典。一说起这个名词就让我兴奋。可以搞形形色色的文艺表演、戏剧、电影、摇滚乐队，还能聚集各种各样的人。纯和女高的学生一定会来上几百个吧?我要大秀鼓艺，还要上映一部自导自编自演的电影。纯和也要来了吧? 北高英语剧团也要来了吧? 真空管也要来了吧? 脑袋咔啦咔啦响的也要来了吧? 光化的女生们一定拿着钱捧着花蜂拥而至吧?

"我想把那种文艺盛典办在我们这个小城里。"

突然，我用标准口音说。

"艾达玛，来帮我吧！"

当时，北高内部的反体制分子一共分了三个派别——软派、摇滚派和政治派。软派主要是专注于女人、烟酒、打架和赌博之类的事，跟当地的流氓团伙偶尔也有来往。一个叫城串裕二的是他们的核心人物。摇滚派也被称为艺术派，都会在腋下夹上《新音乐杂志》《吉米·亨德里克斯[1]流行特辑》和《美术手册》。他们留着尽可能长的头发，打着 V 字手势，边走边嘀咕"PEACE、PEACE"。政治派和长崎大学的社青同解放派[2]有瓜葛，双方共同出钱租了间房，在墙壁上贴了毛泽东和格瓦拉的照片，还在校园里偷偷散播传单。核心人物是成岛五郎和大泷良两个人。除此之外，还有崇拜北一辉[3]的右派、喜欢民谣的民青派、摩托派、发行同人杂志的文艺派等。无论哪个，都因为是少数派别，没什么推动力。

虽然我不属于任何一个派别，但也能和三个主流派别的人员和平相处。因为搞乐队的关系，经常和摇滚派的人切磋技艺，偶

---

1 吉米·亨德里克斯（1942—1970），美国黑人吉他、萨克斯演奏家。
2 全称是"社会主义青年同盟解放派"。
3 北一辉（1883—1937），日本思想家、社会活动家、国家主义倡导者，其理论后来成为日本法西斯主义思想的理论依据。

然也和城串团伙的人喝喝啤酒，还参加过成岛和大泷他们在指挥中心召开的研讨会。

"文艺盛典是啥?"

"嗯，翻成日语就是节日啦、庙会啦。"

"哦，节日庙会啊。"

新闻部有个叫岩濑的，家里开了家杂货铺。虽说他是杂货铺店家的儿子，但我和他是好朋友。高一时我们同班，那时候，他个子又小，脑袋又不好使。也许是因为从小生活在没有父亲、只有四个姐姐的家庭里，他一直对艺术非常向往，所以很想跟身为画家儿子的我做朋友。

我经常跟岩濑聊起办文艺盛典的梦想。我和他都是《美术手册》《新音乐杂志》《吉米·亨德里克斯流行特辑》的忠实支持者，因而非常憧憬上面刊登的摇滚音乐盛典和以即兴演出为主题的盛典。摇滚音乐和即兴表演都有一个共同点，那就是会出现女性的裸体。对于这一点，我们俩口头上都没说过，私下里却是心照不宣。

有那么一天，岩濑对我说。

"阿剑哥，把山田拉来入伙吧，他成绩好，人又帅，你们俩要是搭成一组，做啥不成?"

"你的意思是，我成绩差，人又不帅?"岩濑听我这么一说，立刻说了三次"没有"。

"是这样的，怎么说呢，我可是绝无恶意的哦，要说出点子，没人能跟你比，可还不是什么都没做？不是不是，说什么都没做有点不对。不过你看，你只顾眼前的女人啦、吃啊什么的……"

岩濑和我都很想拍电影，为了买一台八毫米摄像机，我们从高二开始存钱，好不容易把零用钱和午饭钱省下来，存到六百块的时候，请纯和的女生吃了顿泡芙和鸡肉饭就花光光了。岩濑指的就是这个。

岩濑说得没错，艾达玛出身矿区，长得帅，成绩又好，被很多人仰慕。高二为止一直是校篮球队成员，队员间的人际关系、和女人的关系以及跟金钱的关系都搞得定，这可是实实在在办到的。

因此，要想办成文艺盛典，必须跟艾达玛成为合作伙伴。

我和艾达玛离开长臂猿笼子之后上了展望台。太阳稍稍向海的那边斜下去。

"现在大家正准备大扫除吧。"艾达玛看着海笑着说，我也笑了。艾达玛正沉浸在逃学的快感中。他说："再让俺看一眼诗集。"

　　找到了！
　　什么？

永恒。

那是融有

太阳的大海。

　　艾达玛大声朗读起来。望着海面上阳光形成的光带，他问我能不能把诗集借给他。我顺便把奶油乐队和香草软糖乐队的专辑一并借出。

　　至今为止，在我三十二年的人生岁月里，排名第三有趣的1969年，就这样开始了。

　　那年，我们十七岁。

铁蝴蝶

（Iron Butterfly）[1]

1969 年那年，我们十七岁，还是**处男**。十七岁还是童子之身，虽不值得夸奖，也不会让人觉得羞耻，但是件重要的事。

刚满十六那年的冬天，我离家出走了。原因是面对当时的应试体制，我陷入了矛盾。那年爆发了由三派全学连倡导的与用人单位之间的斗争。为了认清这场斗争的意义所在，我想走出学校，走出家庭，走向街头去考虑一下。不过……这又是我在吹牛。其实真正的缘由是我不想参加公路长跑。一直以来就对长跑这事很头疼，从初中起就很讨厌它。当然，事到如今已是三十二岁的我依然对长跑深恶痛绝。

我的体质不差，只是有个一跑就想走的毛病，会转眼间就停止跑步。这并不是因为侧腹疼痛、想吐、眩晕之类的问题，只是稍感有点吃力，马上改用走路。其实，我的肺活量高达六千以上。刚进高中不久，我和其他十二三个同学一起被叫到田径队办公室。田径队教练是名毕业于日本体育大学的年轻教师。当时，国民体育大会两年后即将在长崎县召开。为此，学校新进了六名年轻体育教师，分别是柔道、手球、篮球、投掷、游泳、长跑方面的专业人员。后来，也就是1969年，我们高喊"粉碎国民体育大会"口号的时候，这帮人成了替罪羔羊，变成被攻击的众矢之的。我想他们依然对我们怀恨在心。

这个叫川崎的田径队教练是个长得很像林家三平[2]的男人，保持着五千米全国第三的纪录。面对聚集在办公室里的新生，他是这么说的："在十五岁的同龄人中，你们的肺活量可都是很棒的，我很想让你们组成一个长跑接力队，夺得优胜。当然，并没有强制的意思，如果你们已经有了为长跑而生的决心，请大家务必参与到我们的队伍里来！"

当我得知自己拥有可以负担起长跑的心肺机能时，着实吃了一大惊。

寒假一结束，体育课的内容就只有公路长跑了。我的高中一

1　铁蝴蝶，1967年在美国洛杉矶成立的乐队，是重金属乐队的雏形。
2　林家三平（1925—1980），日本著名落语艺术家。

年级是在川崎的漫骂中度过的，他说像我这种一跑就要走的人根本就是人渣。

"听好了，跑步这东西是所有运动，哦不，是人类得以生存的根本！不是经常会把人生比作马拉松吗？矢崎！虽然你肺活量六千一，但连一次勉强跑完全程的记录都没有。你这垃圾，早晚变成人生的落伍者！"

可是，对一个多愁善感的十五岁少年说这种"人渣""人生的落伍者"，这样好吗？这是身为教员该说的话吗？不过对于川崎的心情，我多少还是能够了解一点的。因为我跑过五百米之后，就会和队伍后面那帮体质差的人边走边聊起披头士、女人和摩托车，到距离终点还有五百米的地方再跑起来，所以到达终点时，一点儿粗气都不喘。

"都是我的教育方法不对。"从朝鲜归国、饱经风霜的母亲至今还这么说。吃一点苦马上甩手不干，遇到一点阻碍立刻放弃，总是挑轻松容易的地方走，说的就是我。听来可悲，却恰如其分。

尽管如此，高一时我还是参加了公路长跑。北高的公路长跑从校门出发，一直跑到乌帽子山的半山腰，再原路返回，总行程为七公里。我和其他一些体质差的以及缺乏斗志的人一起，一会儿被晚我们五分钟出发的女生超过，一会儿慢吞吞地走在山路上，到了回程的下坡路段才会顺势快跑几步。其他大部分学生有的气喘吁吁地裹着毛毯，有的呕吐着被运往医务室，有的手颤巍巍地拿着冲好的药慢慢喝下……我在全体六百六十二名男选手中排名第五百九十八位，用口哨吹着《生命中的一天》[1]冲向终点。这次不单是川崎，几乎所有的老师都管我叫人渣了。

容易受伤的我再也不愿经受这种悲痛。终于在十六岁，也就是高二那年冬天离家出走。

我从邮局的存折里取出不到三万的存款，向着九州的大都市——博多出发了。除了逃避公路长跑，还有一个很大的原因致使我离开家。

那就是，与我的处男之身挥手说拜拜！

到达博多后，我马上登记入住当时九州最豪华的天神全日空宾馆，穿上乔治·哈里森[2]那种粗花呢夹克，迫不及待地跑到街上。在满地都是落叶的路上，边走边哼《她是一道彩虹》[3]。突然传来一个女人的声音："喂，小弟弟。"这淡紫色的黄昏让我心跳加速。跟我搭话的是位开着银色捷豹 E 型车、长得极像玛丽安娜·菲斯福尔[4]的日本小姐。那小姐钩钩食指把我召过去，打开

---

1 *A Day in the Life*，披头士乐队的歌曲。
2 乔治·哈里森（1943—2001），披头士乐队成员之一。
3 *She's a Rainbow*，滚石乐队1967年推出的歌曲。
4 玛丽安娜·菲斯福尔（1946— ），英国女演员。

捷豹的车门用一口流利的标准口音对我说："有事想请你帮忙，如果可以的话，上车吧。"我一头钻进捷豹，立刻闻到一股夺魂摄魄的香水味。

"其实呢，"小姐打开话匣子，"我呢，曾经是名超级名模，因为惹上点小麻烦才落魄到了这里，现在在中洲一家名叫'仙人掌'的高级俱乐部当小姐。要命的是有客人纠缠不休，那个说要包下我的是熊本的一个木材商，有点像黑社会，很麻烦。我又不缺钱，也不想被人包。所以呢，就跟他讲我还有个患心脏病的弟弟，我们姐弟俩相依为命，想用这个来拒绝他。但实际上我没有弟弟，想找谁帮帮忙当一回我弟弟，可是和那人约好的日子已经到了……"总之，她就是想让我假扮一天她弟弟。银色狐皮大衣、血红指甲，还有超短裙下两条修长的美腿，恨不得要把我的眼睛刺瞎，我二话没说立刻答应了。那小姐把我带到河边的一座商住楼，木材商老头的事务所位于七楼。老头脖子爆粗，身材高大，六十出头的样子。他的身旁站了七个手下，其中还有刺了青的家伙。"你这有心脏病的弟弟，脸色倒还不错嘛！"老头说，"我来出手术费好了！"他拍了拍肚子。"我们不缺钱！最主要是我姐不想被你包！"我说。"什么？"一旁的手下怒吼。其中两人还从怀里拔出了短刀。"要杀就杀我好了！"我边说边挡在那小姐前面，"爸妈离婚后，奶奶把我们养大，可这唯一的亲人也在四年前离开了人世。我发誓，我们姐弟俩一定要相依为命活下去，一定要找到我们的幸福。"我乱七八糟说了一通。那老头是个性情中人，被我的话深深触动，眼睛里居然还泛起了泪花，说了句："真败给你们了。"小姐欣喜若狂，从老头事务所出来后，先请我吃了顿晚饭，法国大餐，还是全套的。她低声对我说："虽然你未满十八，但只喝一点应该是可以的吧。"随后就替我倒了一杯红酒。接下来带我去了她家，跟电影里经常看到的那种公寓一样，一张极其宽大的床摆在房间中央。"我呢，先去洗个澡咯。"小姐说完就消失去了浴室。我一方面对自己说"要冷静要冷静要冷静"，一方面又有点不知所措，上上下下拉动着裤链等着。不一会儿，小姐换了件黑色睡袍，透明得可以看得到她裸露的胸部。"对你，我心存感激，所以为了你，我可以献出一切。不过，即便如此也表达不了我对你的感恩之情，请你务必收下那辆捷豹，你和它可是相得益彰的哦!"……以上所说，都是我回去后编出来骗那帮同学的。真实情况，是这样的：

到达博多后，我立即跑去看了场限制级的成人电影，吃完拉面和饺子又看了场脱衣舞。从小屋出来已是凌晨一点多。沿着河边走着走着。"小弟弟，来爽爽吧?"突然，一个老女人皮条客跟我搭话。付给皮条客三千块后，跟她来到一间脏不啦叽的旅馆。"晚上好!"眼前突然出现一个有着浣熊般黑眼圈的女人。一看到浣熊的肚子，我就想起可能在为我担心流泪的母亲大人。好想哭，难道我的童子之身要葬身于此？在浣熊指导下，我把自己扒了个精光。这浣熊是想尽快了事，无奈我怎么都硬不来。我这童子之身可不是为那浣熊留的。"真没法子，那我把腿张开给你看，你就将就将就自己解决了吧。"浣熊说。我是第一次看，好像也没什么大不了的。我轰走了浣熊，不过她走的时候拿了我整整一万元日元。我绝望地走出了旅馆，继续沿河而行。心想钱已经花了一半，不能住旅馆，就在车站的候车室凑合一夜吧。于是，向一个穿西装打领带、职员模样的男人打听车站方位。那男人一听我打算睡在车站，便对我说："那来我家好了。"当时状况糟糕，加上那男人又那么和善，我就跟着去了他的公寓。虽然那男人还为我做了咸牛肉三明治……但毫无疑问，他是个同性恋。接二连三地遇到这种灾难，我真的怒了。从包包里拿出把登山刀，狠命往桌上一插。大腿最终还是叫他给摸了，还一直在我耳边小声说"来嘛，来嘛"。我的初吻差点就断送在他的嘴里。见我拿出刀，那男人不由得发抖。我心想，被女皮条客和浣熊诈去的一万三千块（还有旅馆住宿费四千块）弄不好这下都可以回来了。可是，为什么事情总是这么不顺呢？那时，一股强烈的尿意来袭。"喂，厕所在哪儿？"一个拿刀挟持人家的男人，嘴里跑出这么一句煞风景的话，一定没有比这更糟的了。一进厕所我就知道他逃了。我边尿边想："别走啊你，这样我不就变成强盗入侵了么？"他一定会带警察回来的，这点我清楚得很，所以不赶快逃是不行的。就在这节骨眼上，我的尿却没完没了了。出了"人妖"的房子，我开始狂跑。明明之前是因为讨厌公路长跑才离家的，现在到了这种地方居然拼命跑起来，我真瞧不起自己。而且跑得比之前任何一节体育课都拼命。状态甚至好到只要有必要，我还坚信自己可以跑得更快更持久。跑着跑着，东方开始翻出鱼肚白。我跑进一个大得不得了的公园，喝了点水，躺在长凳上等待日出。心想要是来点太阳的温暖，也许心情会好点。就这样，等着太阳小睡了一会儿。正当柔和的阳光照耀到脸上时，我被巨大的响声吵醒。弥漫着晨雾的公园里有个小小的舞台，台上摆着一些乐器，几个长发男子正在调音。台上不见有鼓，只有装了麦克风的吉他，原来是搞民谣的。新宿西口举行的民谣集会被报道后，九州这里搞民谣的也开始增多。人一点一点地多起来，果然是民谣演唱会。晨雾完全散尽之时，演唱开始了。一个留着长发蓄着胡子、穿了件脏兮兮的夹克的男人，唱了几首高石友哉、冈林信康和高田渡的歌。招牌上写着"举办单位：福冈越南和平联合会"。我讨厌民谣，也讨厌越平联。住在基地城市的人都很清楚美国佬是多么强势多么有钱，对于每天听惯战斗机轰鸣声的高中生来说，那些软绵绵的民谣连屁都不如。所以，当掌声响起时，我已经离开，小声说着

"傻得要死"，远远观望。演奏期间还安排了演说，内容照例是那些"美国佬，把你的魔爪从越南人民身上挪开"之类的。中学时的同级生里，有个名叫益田千代子的邦邦女郎[1]。以前在书法班的时候，她经常得奖，是个很认真的女生。初二时，我曾收到她的情书，说想跟我保持书信往来，还说她喜欢黑塞。不晓得在哪一次年级活动里，她听我说也喜欢黑塞，就很高兴。因此她想，我们以后可以在书信里聊一些有关黑塞的或者其他什么事情……因为那时我心有所属，没有回信。高一的某一天，我看见染了发化了浓妆的她正挽着一个黑人大兵哥走在路上。虽然四目相遇，但她完全无视我的存在。我家隔壁也住着几个邦邦女郎，我曾偷看过好几次她们跟美国兵做爱。我想，益田千代子一定也跟她们一样，会把美国兵的小鸡鸡放在嘴里舔吧。没想到美国兵的小鸡鸡居然替代了书法和黑塞。听着这场装模作样的反战演唱会，我又意志消沉了，想逃离，可人累，也不知道要去哪儿。嘴里正在唠唠叨叨抱怨这个演唱会，一个手拿塑料袋的**稀料女孩**站在我身旁问："你也不喜欢民谣？""嗯，不喜欢。"我回答。"你好，我叫小爱，请多多关照！"这个总觉得脸上少了些什么的稀料女孩自报了大名。之后，我跟小爱说起铁蝴蝶、蝎子[2]，还有普洛可哈伦。听

---

1 日本在二战后出现的以美军士兵为招揽对象的娼妓。
2 蝎子，德国著名重金属乐队，最早成立于1969年。

得两眼发直的小爱拉着手拽起我就走。原来小爱是名美容师，梦想就是去美国看感恩而死乐队[1]。可每次拿到工资，总觉得这点钱去不成美国，所以人变得有些痴癫。我们去咖啡厅喝冰淇淋汽水，到摇滚咖啡厅听大门[2]，又在百货公司的休闲餐厅吃了天妇罗乌冬面。终于等到天黑想去跳个迪斯科，无奈那家店说痴癫人士禁止入内，我们就这样被撵了出来。"我们做爱吧。"小爱邀请我去她家。我想，把童子之身给这么一个喜欢摇滚、少根筋的稀料女孩，应该算是很理想的。如果是北高英语剧团的那帮才女小姐，弄不好前脚搞上后脚就要逼我结婚。而那个浣熊，又太委屈自己。小爱的家在远离街道的高岗上。我正盘算总觉得哪里有点不对劲时，果然，她妈出现了。她妈含着泪，大声嚷嚷着高中啊、退学啊、参加工作啊、不良啊、她爸的公司啊、社会啊、自杀啊之类的一大串话题。小爱醉醺醺的，根本不理会她妈说什么，拉着我往门里冲。就在这时，他魁梧的大哥从里面冲出来，面相恐怖，死命地盯着我，我不由得后退几步。接着，她哥抢过小爱手上的塑料袋，赏了她一巴掌，对我怒吼："快滚！"眼看要被打到，我躲了过去。小爱跟我说了声"不好意思"，紧紧握了握我的手。

---

1 感恩而死乐队，1966 年至 1968 年间旧金山摇滚乐坛上具有广泛影响的重要乐队之一。由杰里·加西亚等四人组成。
2 大门，以洛杉矶风格为本的美国乐队，1965 年成立，由吉姆·莫里森等四人组成。

之后，我开始讨厌博多。途经熊本向鹿儿岛出发，然后搭船去龙美大岛，仍然保持着童子之身。更糟的是，两个礼拜后回到学校，公路长跑因雨顺延，还没结束。

就这样，十七岁的我依然是个清纯处男。一样是十七岁，却有人可以轻易泡上女生。他就是我们那个摇滚乐队——"空棘鱼"里的贝斯手，名叫福岛清，大家喊他阿福。别看阿福只有十七岁，却有着一张中年人的脸，块头也很大。高一时，我们一起参加过橄榄球队，前后大约半年时间。橄榄球队旁边就是田径队的办公室。高二时，田径队里有个保持着县纪录的田径名将，我和阿福有一次居然在办公室门口跟那家伙面对面遇到。阿福才高一，却有张二十多岁的脸，那跑步的错以为是高年级前辈，恭敬地向我们颔首致意。阿福觉得好笑，顺势对他说："喂，跑得又快点了吗？""是的，一百米成绩十一秒四。"那跑步的站得笔挺。"是么，还行，继续加油哦！"阿福说道，之后我们差点笑翻。不过，后来被戳穿是低年级同学后，立刻遭来橄榄球队和田径队学长们的一顿毒打。阿福就是这样的男生，只要我们问他"怎样才能泡到女生"，他总对我们说**"期望不能太高"**。

以办文艺盛典为目标，首先要拍电影。不过，已经成为我们一伙的艾达玛能在那么短的时间内搞定一部八毫米摄像机，真让我吃惊不小。据说，他先是挨个跑到低年级同学面前，问谁家有八毫米摄像机，然后让城串裕二出面威胁那个说家里有八毫米摄像机的低年级同学，得手了。

接下来该做的就是找女主角。我认为，除了松井和子以外无人可选，可艾达玛和岩濑都说没这个可能。因为松井和子不但拥有"简小姐"[1]的美名，又是闻名于其他各大院校的美少女，而且还是英语剧团的。

---

1 *Lady Jane*，滚石乐队著名的单曲。

简小姐

（Lady Jane）

当时流行拍电影。东京一名高中生在电影双年展上挫败前卫独立电影的老手们荣获大奖后，一下火了起来。当时大家都觉得，他所使用的表现手法**简单**又前卫，真不可思议。我、岩濑和艾达玛之中谁都没看过任何一部非主流的独立制片电影，却对之非常向往，就像大西洋沿岸被纳粹统治的法国人向往从未谋面的美国军队一样。

"好，那就动手吧！准备好了吗？不要用戈达尔的即兴拍摄手法。好好写个剧本，怎么说呢，要拍得迷幻复杂，像肯尼思·安格尔[1]的风格，镜头用乔纳斯·梅卡斯[2]的手法处理。"

听我这么一说，岩濑和艾达玛都连忙点头说好，可到底要弄成个什么样的作品，谁也不知道。总之，跟一心想恋爱的小女生一样，不管怎样，我们只是一心想搞一部电影出来而已。

四月下旬，一个洋溢着暖暖春意的午后，我和岩濑、艾达玛怀着忐忑不安的心情跑去英语剧团观看排练。为了能在九州大赛上夺冠，北高推出让学校引以为傲的美少女组合出演莎士比亚的作品。

礼堂的入口处附近已经挤满男生，主要是软派那伙人。城串裕二敞开领口，一副喇叭裤配蛇皮皮鞋的着装，站在队伍中间。这个城串裕二，从高一起就对松井和子倾心。为什么黑社会那一路的人都钟情于清纯美少女呢？不过，结果是可想而知的，松井和子根本就没把他列入考虑范围。

"嗬！阿剑，你来做啥？"

城串看见我们几个后立即招手致意。

"没啥，我是觉得可以来学习学习英语。"

我信口开河说。

可城串裕二马上认真起来说道："骗谁啊你！"

为什么这个貌似黑社会的家伙一眼就能看穿我那蹩脚的谎

---

1 肯尼思·安格尔（1927— ），美国地下电影运动中的超现实主义倾向代表人物，同时也是美国前卫实验电影的代表人物。
2 乔纳斯·梅卡斯（1922—2019），美国20世纪60年代初期战后实验电影的代表人物。

言呢？

"你来看谁的？由美？雅子？三重子？幸子？"

没错，英语剧团里的确有好几个有名的美少女。我和岩濑他们交换了一下眼神，城串裕二一副已经要猜到的样子。

"你不会是来看可爱的和子小姐吧。嗯？你果真是来看和子的？"

"话是没有错，不过跟你想的可不一样。"

就在那一瞬间，城串裕二从怀里掏出一把小刀，朝我的大腿猛刺下去。这是胡扯的。不过他倒是一把抓住了我的衣领。

"要是敢对和子下手，就算是阿剑你，我也一样不会放过！"

城串裕二威胁我。这时，艾达玛大叫一声："放手，裕二！"被这么一叫，城串立刻松手，还笑着说："玩笑而已，玩笑而已！"

"裕二，你误会咧。剑只说想拍电影。你瞧，前一阵儿不是从二年级的增垣那里搞来一部八毫米摄像机吗？就是要用那玩意儿来拍电影的。"艾达玛解释道。

"电影？那咋啦？跟和子有啥关系？"

"所以想让松井和子饰演女主角！"我突然冒出一句**标准口音**。

"裕二，北高的学生拍电影，这还是第一遭咧！这种时候，还有谁可以做女一号？对不？不让松井和子当女一号，那让谁当咧？"艾达玛一气呵成地说了一通。这时，城串裕二的脸一下子灿烂起来："噢，原来是这么回事啊。嗯嗯嗯，我也这么想，除了松井和子以外，没人能演了……"

"对不？要是剑不来看看松井和子，咋会有灵感跑出来咧？"

艾达玛这么一说，城串裕二连连点头，还握了握我的手说："明白了。你得把她拍得比浅丘琉璃子更美！"说着，朝排在人口处最近的一个手下的屁股上猛踢了一脚，叫他别挡道。一说到让松井和子当女主角，裕二立刻情绪高涨。高声阔谈起主题歌嘛要用石原裕次郎的，松井和子嘛可以演一个孤儿院出生的观光导游，还说他自己想客串个杀手什么的……一切都看在眼里的艾达玛立刻跑到我身边小声说："剑，这要坏事咧。"艾达玛说得没错，如果让松井和子看到眼前情景，她定然不肯出任主角。你想，要是被她看到我们和城串裕二一起哇啦哇啦大谈电影、电影、电影、电影的话，一定会被她讨厌的。为什么？因为她很讨厌城串裕二啊。艾达玛果然是个机灵的家伙。

"剑，你快自个儿过去。松井和子应该还在屋里！"

"可我说啥好呢？净是女生的地方。"

"你不还是报社的吗？"

"嗯。"

"就说来采访的得了。"

就这样，我一个人向礼堂最里面的美少女圣域——英语剧团团员室走去。

回头看去，全体男生都在跟我挥手，其中还有向我挥帽喊加油的，而艾达玛正在安抚嚷着要同我一起进去的城串裕二。

团员室里飘逸着花香，这让我有点想唱老虎乐队[1]的《花项链》[2]。花季少女在鲜花盛开的原野上练习英文……怎么上前打招呼这事把我难住了，我觉得像"对不起……""你好！""不好意思……"之类的开场白，一开始就注定失败。我搜肠刮肚一番，看看有什么比较标新立异的字眼，很遗憾，没有。正在考虑要不要尝试用英语打招呼时，英语剧团的顾问——吉冈老师从里面走出来，一个总是穿着英国制西服、满头光亮的蜡油、傲慢自大、令人讨厌的中年男人。

"你来干吗？"

吉冈就像在说"像你这种人，跑到这么神圣的地方来做什么"。

"哦，我是报社的。"

"矢崎对吧？我知道你的名字。你不知道我是教你们班语法的么？"

---

1 老虎乐队，日本 20 世纪 60 年代最著名的吉他摇滚乐队。
2 老虎乐队 1968 年 3 月推出的单曲，其后多次被日本其他歌手翻唱。

"是的。"

"是什么是？你老是逃课，明明就不怎么出席嘛。"

真糟糕！根本没想到会碰到这么个老师，还被他这么数落。大事不妙！他人虽讨厌，但还算温厚，不会打人，所以这个吉冈的课我几乎不去，新学期的摸底测验我也挂了红灯。他透过那副黑框眼镜，死命地盯着我。

"然后呢？你是来做什么的？要来参加英语剧团的话，你是不可能的。"

我听见从里面传来一阵笑声。美少女们正看着我们交锋，我绝不能输给他。

"我是来采访的。"

"采访什么？"

"越南战争。"

"我可没听说有这回事哦。你是知道的吧？先要跟你们报社的顾问老师报告，得到准许后，让你们老师来跟我说，得到我同意之后才算 OK。随随便便擅自行动是不允许的!"

无论东京也好，九州也好，当时的报社成了反抗分子的聚集处，各社团间的横向关系也都被切断。对学校来说，没有比看到学生们组织起来更不乐意的了。就连报社调查、采访之类的事，也都必须经过顾问老师之间讨论审核，集会就更别想。学生会也接受了那种制度，校方选用俯首帖耳的御用学生会，弄得像是真正做到了学生独立自主决定事情一般。这分明就是监狱，是军事殖民地。可恶。

"那么，我不是来采访的。"

"那来干吗？"

"是——来聊天的。"

"你自己看看，大家都很忙，哪有空聊天？"

房间里，大家都在咔咔地刻英语剧本的印版。大概一半人并没有注意我和吉冈的对话，而另外一半正在观战。松井和子拿铁笔按着脸颊，正在关注我们，一双小鹿斑比似的眼睛，一双可以激起男人斗志的眼睛。

"真可笑。"

我咂吧着嘴说。吉冈一脸吃惊。

"什么？什么可笑？"

"什么莎士比亚啊！太可笑了！越南每天都有几千个人在死去呐，老师！"

"怎么？"

"从那边的窗户可以看到港口，美国人的军舰每天可都是从这儿出去杀人的哦！"

吉冈慌了手脚。乡下老师还没习惯如何对待叛逆的学生。如果单单是不良学生，打几下就可以了事，但对我又不能来这一套。

"我要把你的事告诉你们报社的老师。"

"老师，您喜欢战争吗？"

"你说什么？"

吉冈生于战乱年代，一定经历过很多吧。听我这么一说，他的脸色都变了。战争这个话题真的很好利用，可以借它跟老师争论。一直教导大家不要战争的老师这时处于劣势，因此他们必定选择逃避。

"矢崎，你给我回去。我们都很忙！"

"您讨厌战争吗？"

吉冈爱好艺术，个头也不大。他应该参过军吧？假设入伍，一定属于被人欺负的那种。

"如果讨厌战争又不反对，那就是懦弱！"

"那有什么关系？"

"当然有关系。美国兵在用我们的港口啊，而且还是为了去杀人！"

"这不是你们该考虑的问题！"

"那又是谁该考虑的呢？"

"矢崎，这种事情，等你上了大学、工作、结婚生子，成为一个真正的大人时再说吧！"

真他妈混蛋！**再说**，再说什么啊再说。

"不是大人就不能反对战争吗？那在战争中，小孩就不会死吗？高中生就不会死吗？"

吉冈的脸已经涨得通红。这时，田径队队长——体育老师川崎正好从那儿经过，还有柔道队的相原。不过我一点没注意，仍旧对着吉冈没完没了地炮轰。"持什么也不做的态度就是赞同他们。身为一名教育工作者，可以这样赞同他们去杀人吗？"正当我口若悬河滔滔不绝欲罢不能的时候，相原一把扯住我的头发，紧接着就是三大记耳光，接着把我打倒在地。"矢崎崎崎崎……"他狂吠。虽然相原是毕业于民族大学的白痴，不过听说他曾获过中量级全国冠军，是个耳朵不好使的恐怖家伙。"你给我起来来来来……"又在吠。把人家打倒又叫人家起来，这算什么。我真是火大，不过基于我已受伤的耳朵和鼻子所受的压力，还是呆呆地站了起来。"臭小子，有你这样跟老师说话的吗吗吗吗……"说完，又是一个耳光。他手掌又厚又硬，用来打耳光效果真不错。"矢崎就厉害在一张嘴上。公路长跑没有一次跑下来，嘴倒是很能说……"这是川崎的台词。为什么这个节骨眼儿上还说公路长跑呢？真窝火，眼泪在打转。可如果哭出来就什么都完了，松井和子还在旁边看着呢，绝对不能哭！相原在旁边龇牙咧嘴地笑着，为了弥补出身拙劣大学的自卑感，他竟以殴打我这种学生为最大乐趣。城串裕二他们也常遭到相原的毒手，比如在柔道课上被掐住脖子扔下地，险些被捏破蛋蛋，被甩到墙上，被拉着耳朵挨扫堂腿，诸如此类。腕力强的老师真是厉害，我硬是被他扯住头发活生生拽到办公室。城串裕二、艾达玛和岩濑都吓了一大跳。"不，不会是……"裕二说，"不，不会是他非礼和子了吧……"

我被罚在办公室里站一个小时。最讨厌被罚站，每个路过的老师都问我干了什么，而每一次我又不得不把事情从头到尾跟他们说一遍。报社顾问老师和班主任一一向吉冈、川崎、相原道歉。结果成了因为我的关系，让那两位老师蒙了羞。

总之，我最终也没能跟松井和子说上话。

那个被艾达玛拿走八毫米摄像机的高二学生来了，他叫增垣达夫。"增垣这名字是色胚的名字啊。"[1] 我跟艾达玛笑着说，不过增垣倒很认真。他来跟我们说，因为他参加的是成岛和大泷主持的政治社团，所以如果电影的主题与斗争无关，他是不借八毫米摄像机的。"好的好的。"艾达玛不慌不忙地安抚他，"就算不是直接的斗争题材，比如像戈达尔那种用象征手法来表现的方式不是

---

1 增垣的日语读音"Masugaki"和手淫饿鬼一样。

也有很多吗?"就这样，艾达玛把他给打发了。最后增垣放话说，不管怎样，希望我们去见一见成岛和大泷，说完便离开了。

"早上好。"

耳边传来一个清澈的声音。去上学时，在校门前的坡道上回头一看，说话的正是小鹿斑比——松井和子。一阵发抖。

"噢，早啊!"

我回应着，向正对我微笑的松井和子伸出手，搭在她肩上抚摸她的头发。当然，这是瞎编的。其实，我不知如何开口。

"矢崎同学，你在等公交车吗?"

我们的话题是——每天如何去学校。

"没，我走着去。松井你呢?"

"我坐公交车。"

"公交车挤吧?"

"嗯，还行。"

"对了，谁给你取的'简小姐'的外号?"

"哦，是高年级同学。"

"从滚石的歌来的吧?"

"嗯，我很喜欢那首歌呢。"

"是首好歌。这么说来你喜欢滚石咯?"

"哦不，我对滚石不太熟悉。我喜欢鲍勃·迪伦，还有披头士。不过最喜欢的还是**西蒙与加芬克尔**[1]。"

"啊，是嘛，我也喜欢。"

"矢崎同学，你有他们的唱片吗?"

"嗯，有《星期三凌晨三点》，还有'芫荽、鼠尾草、迷迭香和百里香'[2]，还有《回家》。"

"那有《书架两端》[3]吗?"

"有的有的。"

"哇，可以借给我吗?"

"当然可以。"

"哇，太开心了，那张专辑里啊，我最喜欢《在动物园》，那歌词简直太棒了。"

"嗯，没错，是很棒!"

到底怎样才能把《书架两端》搞到手呢? 我一直盘算着。凑钱，让岩濑和艾达玛也出点，无论如何今天一定要买到。女主角想要的东西，没办法啊。

"矢崎同学，你一直在考虑么?"

---

1 西蒙与加芬克尔，成立于 1964 年，被誉为美国流行乐坛历史上最成功的二人组。
2 美国电影《毕业生》的主题曲《斯卡布罗集市》中的一句歌词。
3 *Bookends*，西蒙与加芬克尔于 1968 年发行的专辑。

"啥?"

"之前跟吉冈老师说的那事啊。"

"哦,越战那些事吗?"

"嗯。"

"倒也不是考虑,历历在目啊,报纸新闻什么的。"

"你也经常看书吗?"

"嗯,看的。"

"如果有什么好书,也要借给我啊。"

我想,要是这条通往学校的坡道可以永远这么走下去就好了,真想一直一直跟松井和子这么聊下去。我第一次知道,原来即便是跟漂亮女生就这么并排走走,也可以让我如此心潮澎湃。

"电视上不是经常在播学生游行、校园封锁什么的吗?原本以为那是另一个世界的事,现在觉得有点可以理解了。"

"啊?"

"矢崎同学,你不是说演莎士比亚很可笑吗?我也有同感。"

"啊?"

"你不觉得还是西蒙与加芬克尔更合适吗?莎士比亚就没这些。"

终于还是到了学校。我们约好借《书架两端》的事,说"拜拜"后分开了。分开之后，我依然有种置身于花丛之中的感觉。

　　突然，我对艾达玛冒出一句："我们搞个**校园封锁**吧!"把他吓了个半死。我总觉得松井和子是在说"我喜欢搞校园封锁或游行的男生"。

　　"嗯，还有那个增垣的事，我们到成岛和大泷的秘密指挥中心去一次吧!"艾达玛说。

"佐世保北高全学共斗会议"，这是成岛和大泷领导的高中生组织的名称，也称为北高全共斗。秘密指挥中心在佐世保车站上面，这个上面，并不是指在车站的二楼。佐世保的街道和长崎一样，坡道特别多。背后是山，弯曲的海岸线与平地相连，不过窄得吓人，是个典型的良港城市。仅有的一点平地上，有百货店、电影院、商业街和美军基地。跟其他任何一个基地城市一样，美军占领着最好的地理位置。

从车站朝北，走过没完没了的坡道，会看到一个香烟店，香烟店二楼就是北高全共斗的秘密指挥中心。

"净是坡道！"

满头大汗的艾达玛抱怨道。百分之九十八的佐世保市民都住在"高岗"——半山腰上。孩子们跑下山坡，去繁华的街市玩，累了饿了，再上坡回家。

几乎跟其他所有的香烟店一样，这里面也有一位完全看不出是生是死的老婆婆。

"您好！"我和艾达玛扬起嗓门跟老婆婆打招呼，但老婆婆丝毫没有反应。我想她是死了，而艾达玛像是觉得这有可能是个做工精良的摆设。看她的样子又不像在睡觉，驼背跪坐着，两手交叉放在膝盖上，眼镜后面的两颗眼珠还睁着。我们有点担心，决定等到老婆婆眨眼为止。老婆婆眼皮松弛，若不仔细看，无法看出她到底有没有眨过眼。屋檐下的花枯萎了，看起来像是大波斯菊。一阵风吹来，老婆婆的几缕头发随风飘动。啊！果然是个假人，是个木乃伊。正当我们做出这个结论时，老婆婆居然眨眼了。我和艾达玛相视而笑。

大门上挂着一块写了"北高经济研究会"的门牌。说是门牌，其实就是一张被雨打湿的脏不啦叽的铅化纸。我们从玄关旁边的楼梯上去，好黑。"日式房子的采光怎么就是这么差呢？"我问。

1　丹尼尔·科恩-邦迪，1968年在巴黎领导了学生运动"五月革命"。

"因为日本人色呗！"艾达玛回答。没准他说的一点儿没错。

秘密指挥中心里一个人影也没有。十二张榻榻米宽的屋子里面有一扇拉门，其中的一面上贴的是切·格瓦拉、毛泽东和**托洛茨基**的画像。桌上放着刻印工具、岩波文库、廉价吉他、话筒，还有社青同解放派的机关报，因为受到长崎大学自治会的控制，大概他们时常来这里组织活动。

"咋就是觉得不大对头呢。"

看着乱哄哄的被褥、枕头，还有卫生纸，艾达玛冒出这么一句。反体制派的秘密指挥中心看起来不怎么起眼，也许跟日式房子采光不良也有关系。不过既然有被褥枕头，说明成岛和大泷他们有时在这里住。大泷派里也有女高中生，不过不是北高的，好像是商校的女生。被褥、枕头、卫生纸，还有商校女生，没有比这更可疑的组合了。

岩濑差不多迟到了十分钟才到，一样还是满头大汗，买了三罐咖啡牛奶。我边喝牛奶边想，要是有个面包就好了。岩濑拿起靠在拉门上的廉价吉他，弹起《有时候像个没妈的孩子》[1]。自从

---

1 卡门·马基出道的第一首歌曲。卡门·马基（1951—　），拥有爱尔兰、犹太、日本血统的美国人，日本早期摇滚史上传奇的女歌手。1969 年她以赤脚、散发、破旧仔裤、面无表情的独特风格演唱了这首歌。

有了猫王和小林旭，对地方上的年轻人来说，吉他成了宝贝，那些买不起吉他的男生就用尤克里里代替。因为尤克里里只能弹出夏威夷风格的曲子，所以夏威夷音乐也莫名其妙地风靡了一阵。电吉他盛行是在我上初中时。电吉他品牌当属 Teisco，音箱就是 Guyatone，鼓则是 Pearl……还有 Gibson、Fender、Musicman、Roland、Paiste，等等，这些只能在杂志上看看。冒险乐队的那股热潮退去，进入以披头士歌曲为代表的年代后，仿制约翰·列侬那把 Richenbacker[1] 的半音声型电吉他立刻成为大家向往的焦点。越平联和反战民谣演唱会时兴起来后，YAMAHA 推出新款吉他，人们又都争先恐后地追赶这个潮流。不过，北高全共斗指挥中心这把吉他不是 YAMAHA 的，而是名字听上去跟酱油品牌一样的 YAMASA。岩濑拿着这把山佐吉他，唱起《有时候像个没妈的孩子》，之后又唱了《竹田摇篮曲》，这两首曲子都只由几个非常简单的音符构成。也许是连唱两首悲歌的缘故，岩濑也变得感伤起来，话题转向现实问题。"剑哥，艾达玛，毕业后你们都会去念大学的对不？"这时候的艾达玛仍然准备报考国立大学的医学系。他也许还不知道读医这个梦想，最终真的只能是个梦想。至于当时我是怎么想的，现在具体也想不起来，不过应该是没怎么考虑过。

---

1 美国知名乐器品牌，诞生于 1931 年，从 20 世纪 50 年代开始制作电吉他和贝斯，很多知名乐队选用该品牌。

我从那时起就是个不考虑将来的人。不过，对于急速下降的成绩，我并非无动于衷，也有不安，也会着急。而且，自己也很害怕掉队。不过，1969年那时脱离组织的人好像都很快乐。有高中生发表拒绝上大学的宣言，也有日版嬉皮士用荧光涂料为杂志上的裸女画上极其艳丽的颜色，游行队伍里一定混杂着一些漂亮小姐姐……总之，这些都跟女人有关。成为掉队者的可怕之处，就是没办法再搞到女人。倒不是结婚讨老婆之类的制度上的问题，而是指不特定的、更大范围的女人。要是没法保证受到女生的青睐，男生们是活不下去的。

"岩濑你咋打算咧？"

艾达玛问。岩濑所在的班级里都是些不想考大学的学生。

"不晓得。"

岩濑回答。

"大学，应该不考了吧。"

他又加上一句。

"剑哥你呢？有啥打算？"

接着，他又问我。

"我也不知道。也许考美大吧。哦不，说不定会考文学系。不过，现在都不知道，还没定呢。"

我说。

"剑哥你多好啊。"

岩濑弹着 a 小调旋律说。

"剑哥你有才能，艾达玛也有艾达玛的长处。不像我，一无是处。"

我想岩濑之所以说出那么悲伤的事情，一定是受了 **a 小调**旋律的影响。于是，我抢过吉他，来了一段 **G 大调**。

"岩濑，别这么说。"

艾达玛一边用"舔喝式"方法喝着他那罐咖啡牛奶，一边体贴地说。

"现在咋会知道有没有才能咧？你看，连约翰·列侬之前在《音乐生活》上不也说了吗？他说：'我曾是个没有任何优点的小孩。'"

艾达玛这样安慰他。岩濑不好意思地低下头，笑着摇摇头。

"我晓得。我咋能不晓得自己咧？不过也没啥，我们永远都会是朋友吧？剑哥，艾达玛？毕业以后也是，对吧？"

岩濑会说出如此伤感的孩子话来，我是理解的。我发现，我跟艾达玛走得越近，他就越觉得被疏远。认识我之前的岩濑是个不好好学习，但善良、喜欢清纯丑女的足球队员。自从跟我们混在一起后，他开始读**立原道造**[1]，听约翰·柯川[2]，不再喜欢清纯

---

1 立原道造（1914—1939），日本诗人。擅长写十四行诗。
2 约翰·柯川（1926—1967），美国爵士萨克斯演奏家和作曲家。

丑女，也离开了足球队。不过，现在想想，改变他的并不是我，我只不过是个牵线的。真正改变岩濑的是诗人、爵士和流行艺术。正因为岩濑全无免疫力，才一头钻进了这些之中。对于爵士、流行艺术、地下戏剧、诗歌、电影之类，他变得比我精通百倍。岩濑一直是我最好的搭档，虽然是他极力向我推荐艾达玛入伙，但一旦艾达玛真的加入进来之后，岩濑定是发现自己的角色有了微妙的变化，觉得自己能做的只是买买咖啡牛奶之类的了。

"我们一直是朋友，对不?"岩濑说这话的时候有点忧伤，很久没看到他这么难过了。高一时，曾经见过一次。有个叫清水的古文老师，长着一张马脸，是个会用木棍揍人脑袋的阴险家伙。他发考卷时，七十多分的学生头上会挨一棍，以此类推，六十多分的挨两棍，五十多分的三棍，四十多分的四棍……岩濑和另外两三个差生一样，总要挨上四五棍。第二学期快结束时，清水跟我们说："高一马上就要结束了，一个一个打下来太花时间，讲课进度也会受到影响。因此，今后四棍以上的就不打了。"大家听了都很高兴，但最后几名的差生的表情变得有点僵硬。"喂! 岩濑，你不会再挨打喽。不错吧?"清水说着便把考卷递给岩濑。这样一说，分明等于告诉大家岩濑的成绩还不到四十分，同学们哄堂大笑。岩濑低下头，不好意思地笑了笑之后，露出难过的神情。当时看他这个样子，我想，对他来说，与其这样被人轻视，还不如挨一顿揍更好过些吧。

"咦，大泷同学呢？"

岩濑造成的沉闷气氛被女学生的声音打破。两名女生出现在我们面前，身穿商校制服，跟松井和子一比简直像猩猩，聊胜于无之辈。她们一看到艾达玛就噗嗤笑出了声。艾达玛在这种时候就管用了，面相英俊，女生见了都喜欢，这样一来她们的戒心也会随之降低。

"嗨，你们好啊。我是北高的矢崎，这是山田，那个叫岩濑。你们是商校的？来啊，进来啊。咦？这袋子里是啥？是横纲仙贝？也给我们尝尝吧，哦，我们当然也是你们的同志咯。"

两个女生分别叫帝子和文代，听起来像《女工哀史》[1]里的名字，我跟她们女生说起埃尔德里奇·克利弗[2]、丹尼尔·科恩-邦迪和弗朗茨·法农[3]，指出马基雅韦利的《君主论》和战后日本天皇制度的相似点，又对玻利维亚的切·格瓦拉是否表现出了无政府主义的本质进行讨论……以上纯属虚构。我嚼着横纲仙贝，用吉他弹着西蒙与加芬克尔的《四月，她会来》，跟她们说为什么女

---

1 日本作家细井和喜藏的著作，1925年出版。书中揭露了日本纺织女工遭受雇主剥削、殴打的惊人事实。
2 埃尔德里奇·克利弗（1935—1998），美国著名黑人领袖和社会活动家。
3 弗朗茨·法农（1925—1961），法属马提尼克人，作家，散文家，心理分析学家，革命家，是20世纪研究非殖民化和殖民主义精神病理学的最具影响力的思想家之一。

高中生保持处女之身实在无益健康，告诉她们因为大泷和成岛在学校是差生，连老师都听之任之……不过，这两个女工哀史看来像是大泷和成岛的情人，因为有被褥、枕头和卫生纸。江湖上盛传，大泷和成岛曾经暗示，只要参加北高全共斗就能让你知道什么是男欢女爱，并以此招兵买马，看来果然是真的。真是些卑鄙的家伙，为什么不能再认真地考虑考虑斗争的事呢？我真有点愤愤不平，同时又让我羡慕到眼泪都快流出来。

"往正在交尾的狗身上泼水不一定能让它们分开，也有例外情况。"正当女工哀史被我这席话引得咯咯笑时，大泷和成岛一伙儿九人出现了。里面还混着一个戴安全帽的大学生，其余就是不男不女的辩论队成员布施和宫地，因为偷脚踏车差点被责令退学的沟口，还有八毫米摄像机的主人增垣等三个二年级学生。

大泷和成岛看到我，露出不自在的笑容。二年级时我们曾经同班，他俩都是差生。在我不懂装懂地卖弄《帝国主义论》时，他们连列宁的列字还不会写。当时他们就跟其他差生一样，觉得自己脑子不好使而打算自暴自弃，是全共斗改变了他们，为他们指明了一条即便是差生也能当明星的道路。我对暗中派发长崎大学社青同解放派传单的这两个人鄙视透了。在我面前，他俩应该多少有点自卑感。不过，可能是被褥、枕头、卫生纸的关系，加上受到同是差生的手下拥护，他们的态度比起以往似乎自信了些。

"哎哟，矢崎，真是稀客稀客啊。"

成岛说。

"你想加入北高全共斗？"

说这话的是大泷。之前他们建立全共斗时，我曾拒绝参加，觉得时机尚未成熟……这是骗人的。事实上，一来之前我不愿因为参加这种组织而被学校处分，二来我觉得拍电影跟被褥、枕头、卫生纸这档子事比较接近些。不过，为了松井和子，现在已经不能说这种话了，因为小鹿斑比喜欢斗争的男人。

"嗯，我加入。"

我这么一说，让大泷和成岛大为吃惊，好一会儿才过来高兴地和我握手。接着就向安全帽介绍："这位矢崎同学，从高二就开始读马列，是位优秀的理论家。""光纸上谈兵是不够的。"安全帽说完，又看了看我。看来是个头脑不太灵光的家伙，不过对方人手多达九名，我必须一举夺回主导权。

"那好吧，大泷，来说说今后的斗争方针吧。"我说。大泷和成岛面面相觑，神情显出为难。他们怎么可能有什么斗争方针，这种没脑又没胆的家伙。其实也称不上方针，不过首先要和长崎大学的人开一下学习会，帮越平连的横田他们发放一下传单，再有就是增加支持者……

"这样吧，我们来搞校园封锁吧。"

九州的高中都还没搞过校园封锁，就连长崎大学也没有。在西九州这么个乡下地方，全共斗也好，校园封锁也好，就像戈达尔和齐柏林飞艇[1]一样，大家只能远远地憧憬一下而已。所以听我这么一说，在场的无不为之震惊。

"怎么样？我已经决定了。七月十九日毕业典礼上，我们封锁学校的屋顶。"

"胡搞！简直是乱来。"听我这么一说，安全帽开口了。

"你，你先给我闭嘴！这是我们北高的事，跟搞不来校园封锁的长崎大学没关系。"

增垣等几名二年级学生对我投来崇敬的目光。

"可问题是，我们的组织还不到十人，只要一搞校园封锁，立刻会被责令退学。这样的话，斗争尚未开始就会遭到阻击。"

我满怀自信地说，接着又继续说道：

"所以一定要增加支持者，在此之前，行动还是要秘密进行，也就是所谓的地下组织。而且哦，要把七月十九日的校园封锁当作一次拉拢支持者的活动。所以，虽说是校园封锁，但不用留什么人，要采取游击战的方式。"

---

1 齐柏林飞艇，英国摇滚乐队，1968 年由罗伯特·普兰特等四人组成。

不知从什么时候开始，我竟说起了标准口音。

"说到战术，我们要在校园里写标语，从屋顶上挂下来。通往屋顶的楼梯以及入口处要用障碍物封锁，不能让他们轻而易举就能除掉我们的垂幕标语。这项工作要求在深夜完成，并且是以游击战的方式进行。另外，不能亮出北高全共斗这个名称，不然的话，恐怕大泷和成岛就会暴露、退学了。当组织尚未成熟之前，一定要避免这种事情的发生。格瓦拉在**游击课程**中应该也这么教过吧。"

没有人对此作出回应，只有艾达玛点头偷笑。因为只有他知道这一切都是为了松井和子。

"如果只是搞这些事，也不会存在资金问题，现在这些人手也绰绰有余。唯独选中毕业典礼那天的原因是：一来马上要放暑假了，学校方面的搜查工作不会那么严密；二来么，也能对学生们造成较大影响。你看，明天就要放暑假了，大家肯定是高高兴兴来到学校，可是看到的却是大幅标语，想必大吃一惊；另外，暑假期间跟老师的接触较少，也就不会受到反革命言论的蛊惑，弄不好还会在暑假里看本马克思的书，考虑一下越南战争的事。更重要的是，要在标语上写明粉碎长崎国体。国体是日本政府的一项反革命活动，而且还有很多女生抱怨因为练习团体操而耽误了学习考试，就要利用这一点。斗争有了具体要求，就比较容易扩大，因为人民会将不满寄托在具体的斗争主体上。当然，对外不能宣传这是北高学生的所作所为，但也不能说是外面的人干的，得掌握好这个度，让人家觉得有可能是北高学生干的就好了。"

"等一下。"大泷举手示意。

"如果不用北高全共斗，那用啥名称咧?"

"不用担心。"我说。

"我已经考虑周详了，就用'跋折罗团'这个名称。梵文，意思是充满情欲和愤怒的神祇。怎么样? 酷吧?"

"太酷了，太棒了!"增垣高喊，还鼓起了掌。就这样，我成了北高反体制组织"跋折罗团"的领导者。

克劳迪亚·卡汀娜
(Claudia Cardinale) [1]

糟糕得一塌糊涂的定期测验考完那天，我、艾达玛和岩濑走在通往秘密指挥中心的坡道上。

"剑哥，去年咱不是去博多玩了么，还记得不？"岩濑说。

"嗯。不就是在电影院住了一宿的那次吗？"

岩濑说的是我们俩坐火车去博多旅游看电影的那档子事。听说午夜场在播波兰电影特辑，所以在夏日的一个礼拜六，我们去了博多。

"还去了一家爵士咖啡厅对吧？"

"嗯。"

"那家爵士咖啡厅叫什么名字来着？"

"是叫'河畔'吧，正好在中洲的河边上。"

"我……我想暑假去那儿打工。"

"啊？去'河畔'打工？"

"嗯，已经写信去了，老板人真不错。"

"哦。"

去年，我们逃掉班会，过午就去了博多。我和岩濑先去看了坠落在九州大学校园且依然矗在那儿的幽灵式战斗机，吃了拉面，然后去了电影街。在举行波兰电影节的**日本艺术剧院协会（ATG）旗下**小型电影院对面，竖着一块色彩分明的广告牌。广告牌上画着女人的粉嫩咪咪，写着《天使的胆量》《胎儿密猎时刻》，还有《荒野浪妻》的字样。我直盯着那边不放，立即被岩濑察觉了，硬把我拉到《女船客》《修女乔安娜》《下水道》一边。"慢着慢着慢着慢着慢着，岩濑你看看，这可是若松孝二的作品，还是唐十郎演的咧。那边的波兰电影连《灰烬与钻石》都没有。如果没钱住旅馆不得不在电影院将就一晚的话，只有修女和游击队叫我怎么睡得着啊……"认真的岩濑决定用猜拳来决定，结果我输了。输是输了，但我还是叫唤着不喜欢纳粹，朝粉色咪咪那边走去……就是这么一次小小的旅行。去'河畔'爵士咖啡厅是第二天下午的事。岩濑点了柯川的抒情曲，我点了斯坦·盖茨[2]的巴

1　克劳迪亚·卡汀娜（1938—　），意大利女演员，以野性魅力著称。
2　斯坦·盖茨（1927—1991），美国著名萨克斯乐手。

萨诺瓦[1]。在柯川和斯坦·盖茨当中，插播了一首卡拉·贝利[2]的歌，是几位二十出头的小姐点的。小姐一行三人，像是在百货公司女装部上班。连百货店小姐也听卡拉·贝利，1960年代后半段就是这么一个时代。三人之中，有一个对岩濑颇具好感，是个短期大学毕业、典型的百货店小姐模样的女生——纯朴、长发、皮肤黑、迷迷眼。我知道她后来和岩濑一直保持着书信往来，这次去打暑期工也许就是为了见这位小姐吧。岩濑曾经给我看过一次她的来信："阿秀你好吗？"岩濑名叫秀男。"我现在边听布克·利透[3]和艾瑞克·杜菲[4]的合奏，边给你写这封信。也许就像阿秀你说的那样，我的确是个软弱的女子。如果能不去顾虑周围的人就好了，明明只要自己喜欢就好，但一考虑到别人，就会变得失去自信……"她指的是啥？我问岩濑，可他装傻说不知道。看样子这位小姐正在经历一场**不寻常的恋爱**，比如跟有妇之夫的上司、黑社会、养父，或者爱犬之类的搞不清楚吧。另外，只有在跟这位小姐有关的事情上，岩濑才会显得比我成熟。无论我说她什么，岩濑总是微微一笑，老成地低声说："她也是大人了嘛。"原来是

---

1 Bossa Nova，在巴西官方语言葡萄牙语里的意思是"崭新形态"，特指融合了桑巴和爵士的巴西新音乐。
2 卡拉·贝利（1938— ），美国爵士作曲家、钢琴家。
3 布克·利透（1938—1961），美国著名小号手。
4 艾瑞克·杜菲（1928—1964），美国著名萨克斯乐手，绰号"海豚"。

要去见那位小姐啊，真让我羡慕，弄不好岩濑要捷足先登了呢。这让我想起那位身穿薄连衣裙的小姐，正如岩濑所说，她身上散发着一股大人味，这和老外酒吧里弥漫着的那些妓女身上的廉价香水味不同，是普通百货店里售货小姐的普通味道。可是，岩濑为什么在去秘密指挥中心的路上，在这么一个雨天想起说"河畔"的事呢？"是要去见那位小姐吧？"我一问，岩濑连连点头："你知道啊？"一副开心的样子，还发出嘻嘻嘻嘻这种令人作呕的笑声。让我觉得这是在我和艾达玛掌握北高全共斗主导权之后，岩濑随之对自身价值的感知变得模糊不清而产生的反抗行为。我的眼前浮现出散发着诱人气味的小姐的裸体，突然怒上心头，对着岩濑心中暗喊："去去去，去让人家甩掉好了！"艾达玛毫不知情，正用伞尖戳着变了色的绣球花。

艾达玛真是个性情淡泊的人啊。

"想象力夺取政权"

从屋顶悬垂下来的标语决定就这么写了。大泷和成岛本来想写**"造反有理"**这种跟食堂菜单差不多的俗套话，但我和艾达玛从巴黎五月革命标语集选里挑出的类似**"拒绝预定调和""铺路石下面是沙滩"**的这种话，受到增垣等几个二年级学生的绝对性支持。

想标语是令人愉快的。大家都先写在小纸上，然后念出来。窗外下着银针般的细雨，如果再有细竹条什么的，看上去就像七夕做诗笺那样。

"剑哥，校园封锁固然不错，那文艺盛典咋办？还有电影咧？"

从秘密指挥中心回来后，在古典乐咖啡厅"道"里，岩濑边喝咖啡边对我说。无论哪里的城市都一样，平凡的学生总喜欢喝咖啡。

"暑假再搞吧。"我说。

"那之前还要好好写个剧本咧。"

艾达玛喝着苏打水。无论哪里的城市都一样，当时越是偏僻地方的人，越对苏打水有强烈的向往。

"剑，准备拍啥样的电影？"艾达玛嗞嗞地吸着苏打水问。

"还没定。"

我边喝番茄汁边回答。无论哪里的城市都一样，当时品位高的年轻人都喝番茄汁。这是我瞎吹的，因为一来当时番茄汁比较少见，加上它既不甜又红得让人恶心，所以没什么人喝。而我想尽可能引起别人注意，才勉强喝它，仅此而已。

"之前不是略微讲过一点吗？就是那个超现实主义啊。"

"嗯，说过说过。"

"音乐呢，音乐要用啥？"

"就用梅西安[1]的吧。"

"没错没错。"

从那时起，我就开始学会蒙人的法子了。我发现，要想强迫人家接受自己的提案，就要从别人的未知领域下手比较有利。跟文学强的家伙就说地下丝绒乐队[2]，跟熟悉摇滚的家伙就说梅西安，碰到古典在行的家伙就挑罗伊·利希滕斯坦[3]说；而对大众流行熟门熟路的，就要跟他谈谈让·热内[4]了。只要按照这种方法，在地方城市的讨论中就能做到战无不胜。

"就是要搞前卫电影咯？"说着，艾达玛拿出笔记本和圆珠笔。

"能把故事说说不？讲个大概就行。"

"干啥？"

"哎呀，虽说暑假才开拍，可不早早准备咋来得及咧？像道具啊、人员什么的。"

艾达玛天生就是个做制片人的料，真叫我感动。感动之余，说起目前为止想到的故事情节。类似《安达鲁之犬》加上《天蝎

---

1 奥利维埃·梅西安（1908—1992），法国作曲家，管风琴演奏家，鸟类学学者。作品中经常表达天主教题材，同时也常受到东方音乐风格，如印度音乐、日本雅乐、印尼甘美兰音乐的影响。
2 地下丝绒乐队，1965年组建，美国摇滚音乐史上最重要的乐队之一。
3 罗伊·利希滕斯坦（1923—1997），美国画家，美国波普艺术代表人物。
4 让·热内（1910—1986），法国作家，1983年荣获法国国家文学奖。

星升起》那种……随着出现黑猫的尸体吊在高高的大树上的场景，再浇上汽油连同树木一起烧掉，下面还要弄出烟雾的效果。然后，这里采用逆光，三辆摩托车从逆光中冲出来……可我突然意识到，这样的话不就没有松井和子出场的机会了么？小鹿斑比和超现实主义搭不到一块儿。

"不行。"我说。刚记完猫的尸体（黑猫）、汽油、三辆摩托车的艾达玛"啊?"了一声抬起头。

"不行不行，这种电影太无聊了。等一下，我们重新来。"

岩濑和艾达玛四目相觑。

"听好了，第一幕先是高原的早晨，晨雾尚未散尽……就像阿苏山[1] 草原那种感觉。"

"高原的? 早晨?"艾达玛说着，忍不住噗哧笑出来，"咋从黑猫的尸体突然变成高原的早晨了呢?"

"意境，意境，最重要的是单纯的意境。"我说。

"就是一种意境，明白吗? 好，我们刚说到高原，然后镜头一拉远，一个手拿长笛的少年……"

"可是增垣那部摄像机是不能变焦距的。"

"艾达玛你先别插嘴，细节部分的变更之后再说总行吧? 然后

---

1 位于日本熊本县东北部的山脉。

咧，那个手拿长笛的少年吹了一曲，曲子很美。"

"我知道了，是老虎乐队的《花项链》。"

"嗯嗯，这个主意真不赖，类似这种好主意再有的话，热烈欢迎。然后呢，少女出现了。"

"简小姐。"

"没错，少女穿着**白衣**，纯白的哦。类似婚纱，但更像长袍，有一种透明的感觉。而且，还要骑着**白马**出现。"

长笛、白衣（类似婚纱但更像长袍那种），正做记录的艾达玛突然抬起头说："马？"

"马？白马？"

"没错。"

"不成不成。到啥地方去弄白马呢？"

"不要想得太现实嘛，意境意境。"

"就算是意境，不准备道具咋拍得出呢？白马到啥地方去弄啊？就连普通的马都很难咧。剑，狗咋样？要是行的话，俺家隔壁就有一只白色个头儿大的秋田犬。"

"狗？"

"嗯，叫大白，个头很大，要是女孩，搞不好还能骑上去咧。"

"松井和子要是骑着秋田犬出现，还不叫人给笑死？你是想让我拍喜剧怎么着？"

好啦好啦好啦。岩濑跑来打圆场。我和艾达玛立刻停止争论，不过并不是因为他的介入，而是一位身穿**纯和制服**、眼角上挑、长得像克劳迪亚·卡汀娜的女生走进来，还坐在我们隔壁桌。克劳迪亚·卡汀娜点了一杯柠檬茶。我顺便向前来服务的老板点播了柏辽兹[1]的《幻想交响曲》，并指明要祖宾·梅塔[2]指挥的。“又来？又想立马引人注意。”岩濑说，“除了柏辽兹、《幻想交响曲》、祖宾·梅塔这个组合，你还知道其他的么？”“你说啥？我还知道意大利音乐家合奏团的《四季》呢……”好啦好啦好啦。这次轮到艾达玛出来打圆场。克劳迪亚·卡汀娜在柠檬茶送来之前，从座位上起身，拿个纸袋消失在厕所那头。从厕所里出来的 C. C[3]完全变了个模样，头发向内微卷，画了眼线，还涂上粉色口红，纯和的蓝白制服换成奶油色的连衣裙，黑色平底鞋变成高跟鞋，散发着一股浓郁的指甲油香味。对着发亮的指甲，我们轻叹了口气。瞥见我们正盯着她看，她简短地说了一句：“有什么事吗？”“没，没什么。”我们无力地回答。她随即不屑地哼了一声。只见她手指夹起一根 Hi-Lite DELUXE[4]，噘起嘴，随着《幻想交响曲》第一乐章的响起，用力吐出烟雾。“别去别去别去！”我不顾

1 柏辽兹（1803—1869），法国作曲家，法国浪漫乐派的代表人物。
2 祖宾·梅塔（1936— ），印度犹太裔指挥家。
3 克劳迪亚·卡汀娜的昵称。
4 1967 年起生产的一种日本香烟。

岩濑和艾达玛的制止，上前跟 C.C 搭话："你，有没有兴趣拍电影？"

"什么电影啊？"

"其实，我们……这次哦，想用八毫米摄像机来拍部电影，你能来演吗？"

我这么一说，C.C 高声大笑，露出色泽漂亮的牙龈。

"你们，是北高的吧？"

C.C 没理会电影的事。

"有个相光中学毕业的——你们知道吗？个子高高的，长得还不赖。"

C.C 说的是城串派里有名的不良少年。"知道啊。"我说。"代我问候他一声。"C.C 笑着说。"那你是……"我打听了一下她的名字。"长山美惠。"C.C 回答。正当我凑过去想再跟她说说有关电影诸事时，岩濑突然站起来催艾达玛快走，拽着我的衣袖往门口拉。走到收银台附近，三个身穿工业高中制服的男生擦肩而过。三人都剃着**平头**，身穿厚立领外加喇叭裤。正当目光即将交汇之时，我们立刻把头转向一边。工业头子一伙坐到长山美惠那张桌，看到长山美惠跟我挥手，转身瞪了我一眼。我们急忙付钱结账，一出店门立刻快跑了约有一百米。"哎哟妈呀，那就是纯和的长山美惠啊。"岩濑上气不接下气地小声嘀咕。看来是个风月人物，可又不像工业学校不良少年团伙头子的相好。听说她不属于任何人，只是个处于停学边缘、玩得很疯的女人。"好嘞，文艺盛典的开幕典礼上就用她了。"我说。"工业头子可是剑道部的，而且他看中了长山美惠，剑哥你一定会被他的木刀砍个半死，死了这条心吧。"岩濑不耐烦地说。

"要是被人用木刀砍个半死，跟俺可没关系哦。"艾达玛幸灾乐祸地笑着说。

让人闷得发慌的梅雨季节结束了。打扫泳池时，我偷偷将已经绝经的体育女教师**猛撞**进脏水中，结果被其他学生告发，暴露了，挨了聋子相原十三记大嘴巴子。模拟测验的结果是：艾达玛的成绩下滑了八十名，就连原本在年级名列前茅的化学等科目，居然也一下降到接近倒数。"你想毁掉山田同学的将来吗？"我被教导主任骂了一顿。我不懂，为什么艾达玛成绩下降，挨骂的却是我？岩濑呢，经历了上高中以来的第三次失恋，对方是个排球队的主攻手。上回之后，只和松井和子在走廊上说过一次话。一被问到："西蒙与加芬克尔的《书架两端》呢？""下次，下次一定带来。"我急忙回答。"嗯，没关系，啥时候都行啊。"如同天使般温柔的斑比对我说。为了天使斑比，校园封锁怎么也得成功。准备仍在进行，行动按计划决定在七月十九日毕业典礼前夜实行。

标语和油漆已经准备好，秘密指挥中一片活跃的气氛。实行校园封锁所需资金总共九千二百五十日元，我们各自掏出一千。

"听好了。"我用标准口音说道，"集合时间是午夜十二点，地点在泳池旁的樱花树下。要是搞错时间，也别打车过去啊！大泷听见没？好，都从自己家走着去哦。成岛你也是，布施和宫地呢？住成岛家？好，增垣家就是开旅馆的，沟口和二年级的两位，还有中村、堀，都住他家。你们都分头行动，千万别集体行动，总之不要引人注意。听到了吗？我再说一次，油漆、铁丝、钳子、绳子还有标语，行动前分批运到增垣和成岛家。行动当天，所有人员一律黑色着装，千万别穿皮鞋去啊。还有，空油漆罐和剪下的绳头全部带回来。电话通知报社的事由我和山田负责。"

我用**红油漆**在白布上写下这么几个字——"想象力夺取政权"。爽！

在实施行动三天前的一个午休时间，岩濑跑到我和艾达玛所在的教室，说他不干了。"我不适合搞校园封锁。"在九州夏日阳光形成的深色阴影下，岩濑含着泪说，"对不起剑哥、艾达玛。准备工作我还是会帮忙，之后的文艺盛典也会尽我所能，可校园封锁这种事，实在是不大喜欢……其实剑哥你并没认真考虑过政治的事情，只不过是为了引人注意才搞校园封锁的吧?"岩濑面带忧郁对我说。岩濑离开后，我跟艾达玛谈起这件事。"那又咋的？管政治啥事儿？好玩就搞呗。剑，只要觉得好玩就行了呗。"虽然艾达玛嘴上这么说，但我们都感到有点失落。

接着，**七月十九日**终于到了。

　　十一点一定要出门，可这是件难事。虽然老妈、小妹还有爷爷奶奶都已经上床，但老爸还没睡，他正看《**午夜十一点**》[1]。自从这档节目开播，老爸的就寝时间就后延了。

　　如同这镇上其他多数人家一样，我家也建在山坡上。住在面积有限的平原地带的只有美军，以及一些依靠美军赚钱的商人。

　　老爸还没睡，不能从大门出去。由于房子建在山坡上，石阶很多。我家前门连着平坦的大道，后门接着窄小的石阶。我的房间在二楼。首先得跟老爸道声晚安，我敲开画家老爸的工作室兼书房说："父亲大人，晚安。"我想你们也知道，我才不会这么说呢。"那我要睡啦。"我说。老爸看《午夜十一点》里的比基尼小姐明明看得正欢呢，此时却立刻摆出一副威严的架势："什么？这么早就睡啦？"老爸瞪着我，"想当年我读旧制中学时，都要苦读到凌晨四点……"虽然他嘴上这么说，不过当注意到电视画面上的《午夜十一点》，大概又有点不好意思。老爸干咳几声后说道："别让你妈伤心啊。"我吓了一跳，莫非老爸知道今晚的行动？可是，他不可能知道啊。他又没用"不许让你妈伤心！"那种想杀人似的命令语气。真是的……我回到二楼，换好衣服，悄悄爬上阳台。今晚月儿真是圆。我小心着别弄出声响，穿上篮球鞋。那年头还没有运动鞋这说法，全都是篮球鞋。从阳台翻到屋顶，眼前是一片墓地。月光下，与屋顶齐高的墓碑并排立着。我家后面就是墓地，位于斜坡上的墓地位置高出一截，所以我得从一楼的房顶跳到墓地上，哦不，正确地说，应该是跳到墓碑上。虽说我没什么宗教信仰，可跳到别人墓碑上还是有点过意不去。总是这样溜去爵士咖啡厅、色情电影院和艾达玛的宿舍，总是担心会不会因此遭到报应。爷爷的朋友里有一个秃子原本是海军中校，爷爷曾经是少校，即便战后过去十多年了，那秃子还是摆着领导架子。秃子大白天就会跑来喝酒，我爷爷也从大白天就开始喝酒。小时候，秃子总给我买图画书，所以我很喜欢他。不过秃子有个恶习，只要喝醉酒，必定往墓碑上撒尿。奶奶不喜欢他这种行为，曾经

---

1 *11PM*，全称是 *Wide Show 11PM*，是日本最早的午夜电视娱乐节目，1965 年 11 月 8 日开播，1990 年 3 月 30 日停播，节目寿命长达 24 年零 5 个月。

说过："看着好了，总有一天会遭到报应而死的。"结果有一天，他果真因为心力衰竭死了，连小孩都觉得这是报应。所以，每次去看通宵色情电影、踩在墓碑上的时候，我都会双手合十，叨念"对不起对不起"，还要连拜好多次。今天也一样。不过跟之前不同，这次不是去看色情电影，而是去参加校园封锁，是革命。我想，这些魂魄一定也会原谅我的吧。

月色格外明亮，通往学校的道路变得不同往常。就因为时间和目的不同，景色竟然会变得如此不一样？

游泳池旁的樱花树下，**午夜零点**，全体到齐。我们分成两组，一组负责校内喷漆写标语，一组负责封锁通往屋顶的出入口并悬挂标语。我是标语组的，艾达玛也一样，因为屋顶组比较危险。为了封锁住出入口，必须用绳子攀降才能脱身。我谎称这个危险的任务是最具革命性的表现，顺势推给成岛、大泷还有增垣他们几个二年级的。艾达玛有恐高症，而我也不想受伤。

就要开始行动时，那个阴险的色小子布施突然叫停："等一下！"

"干啥？不全都确认好了嘛。"

"是这样的，"布施一副难以启齿的样子，色眯眯地笑了笑。

"是这样的，像这种机会也是难得的吧?"

什么机会?

"我刚才可是看到的哦，没上锁哦。"

什么锁?

"不就是女生游泳池里的更衣室嘛。只要一小会儿，就五分钟，看看行不?"

说着，布施又色眯眯地笑起来。"浑蛋，说什么呢? 咱大伙可是为了校园封锁这一神圣的目的聚集在一起的。你却要去看**女子更衣室**? 想到这种无耻的事情，就跟革命已经失败一样啊!"谁，都没这么说，大家一致同意布施的提议。

女子更衣室里，时不时飘来香甜的气息。倒也并非整间屋子都充满香气，而是在黑暗中摸索前进时，会被一股发育期少女的气味撞到。大家都在想: 没人会穿内衣游泳，所以少女们在这里会变成裸体。虽然我说会留下指纹的，快停下来，可大家还是翻箱倒柜找起来。自从增垣在最底层的一个柜子的角落里发现一条衬裙后，引起了全体成员的一阵骚乱，连小心指纹的事都给忘了，完全专注于遗留物品的搜查之中。

"指纹咋办? 已经到处都是了。"

他们没有遵守约定戴手套，这让我非常生气，于是去找艾达玛商量。

"不过，说到指纹，没有前科的话，警察也没法查档案呀。"

即便在搜寻遗留物品，艾达玛仍然保持着冷静，他这么一说我就放心了。

"怎么可能到更衣室来采指纹，再和全校学生的指纹一一对照，不可能这样吧？又不是发生了杀人案？"

"那个，剑哥……"二年级的中村跑到我和艾达玛之间，用小到不能再小的声音说。

"对不起，完蛋了我。"

他的声音听起来就像快要哭出来似的。

"完蛋？啥事啊？"

艾达玛慌了。

"是指纹。我，忘记戴手套了，那边已经到处都是了……"

"放心吧。他们怎么可能来这里采集指纹咧？再说也不知道是谁的指纹对吧？"

"我，我的会被知道的，一定会被发现。初一的时候，不是做过盐的制取吗？做实验时，我的手指碰到氢氧化钠原液，指纹被溶掉了。我哥说我这种特殊的指纹在全日本都很罕见，还说要我去参加 NHK 的《这就是我》。我是个没有指纹的人，这让我在班上很出名。所以，我之前还想好千万别忘了戴手套，可一摸到增垣拾到的那条衬裙，就都统统忘干净了。这可咋办咧？"

中村的指腹处突起一个瘢痕。"哇，这个厉害。"我和艾达玛都笑了。"总之，警察是绝对不会介入的。"艾达玛安抚中村。

啊，松井和子也在这里换衣服吧……正当我如此感叹之时，色小子布施发现一个钱包。"还有个钱包呢。"布施用手电筒照给我们看。"你傻啊？"我立刻骂道。连冷静的艾达玛也啧啧咂嘴。钱包就成问题了，丢钱包的人必定会去报失，弄得不好还会来这里搜查。那时候，我们留下的蛛丝马迹说不定就会被发现，比如：纸屑啊、鞋印啊、头发之类的。"放回去。"我说。"太暗了，我已经不记得是在哪个柜子找到的了。"色小子布施呆呆地回答。"没事，权当是偷走的好了。"大泷和成岛说。"只要知道失主是谁，之后再偷偷还回去咋样？"没指纹的中村有点担心。实行校园封锁之前，绝不能让这档子事破坏了大家的团结，我决定先看看钱包里的东西。这个印有史努比图案的普通女式塑料钱包里，有纸币、千元面值钞票两张以及五百元面值钞票一张，再就是公交车月票。当念出失主名字之后，大家都忍不住噗哧笑出声来。钱包竟然是两个礼拜前，大扫除时被我推进游泳池的那个绝了经的女教师的。她外号小文，是个屁股严重下垂、颧骨突出的未婚体育教师。钱包里还有零钱、纽扣、皱巴巴的名片、电影票根以及照片。照片是黑白的，上面是个身穿旧式海军制服、长得像黄瓜似的男人和年轻时的小文。大家轻叹一口气，一个只有两千五百元、绝了经、屁股又严重下垂的女教师，还是战争遗孀。世上还有比这更惨的人吗？"还是回去继续干吧。"艾达玛说，大家都点点头。

"粉碎国体"

我用蓝色油漆在正门门柱上写了这么一句。为了让油漆渗入粗糙的石柱表面，我铆足了全力。而艾达玛则在另外一根门柱上写了"造反有理"。虽然我叫他不要写这种老掉牙的标语，但艾达玛认为加入这种随处可见的标语可以混淆罪犯的形象。艾达玛总是那么冷静。

进入校园后就彻底禁止使用手电筒了。走进正门便是前庭，前庭有个精心修整的花坛。"く"字形校园在月光照耀下变成了长方形的黑影。一看到校园我就来气，于是在教师办公室的玻璃窗上写下了"权力的走狗们，自我批评一下吧"，"走狗"二字还用了红油漆。虽然天上没有半片云彩，但也许是心理作用，总感到浑身湿漉漉，因为穿着运动服，一直在冒汗。我又在图书馆的墙上写了"同志们啊，拿起武器吧"。这时，中村跑来跟我小声报告："屋顶组已经从体育馆旁边的安全门进入校园了。"好，我们也进去。就这样，标语组也朝着安全门挺进。

汗水滴落在水泥地上，像是为了留下什么证明一样，慢慢地干掉。进入安全门之后，是通往三年级理科班的走廊。标语组由我、艾达玛和中村三人组成。"这么紧张的事，也许在我今后的人生中再也不会碰到了吧。"中村颤抖着双唇说。"笨蛋，不许说话！"艾达玛制止道。我也口干舌燥的，明明身上流着汗，嘴唇却干到几乎爆裂。经过办公室、总务处和校长室，来到大门口，几乎所有学生都从这里走进校园。我用红油漆写了个大大的"杀"字。"还是别写这么激进的字比较好吧。"中村脸色铁青。"闭嘴啊你！"艾达玛指了指大门右边。那是门卫室，共有两个门卫，一老一少。灯没亮，也许看完《午夜十一点》睡了。"你们都是死人啊，快对考大学说不吧！"我在大门口的地上这么写着。中村抖得更厉害了，他一屁股坐在门柱的灯影下，看来不打算再参加我们的行动了。"不妙。"艾达玛小声跟我说，就连他也开始不停地舔起嘴唇。毫无声响的校舍，只有微弱月光照射，仿佛身处另一个星球般，令我们十分紧张。特别是平时吵吵闹闹的地方，现在更让人感到毛骨悚然。我们拉起中村，拖他离开大门口，一直拖到校长室前。也许因为远离了门卫室，他稍稍放松了一点，中村做了个大大的深呼吸。"没用的家伙，你回游泳池好了。"我说。"不，不是的。"中村痛苦地流着汗，摇了摇头。"不是？那是咋了？"被我这么一问，中村还是一个劲地摇头。艾达玛抓住他的肩膀摇了摇："说啊，说啊，俺和剑也害怕啊，没啥不好意思的，说说看啊……"

"我要大便。"

我们的肚子都痛起来。艾达玛和我为了忍住笑，只好趴在水泥地上。右手捂着嘴巴，左手捧着肚子，不停地抽搐。紧张感使笑意更加亢奋，越是不能笑的时候越觉得滑稽。"大便"，我一小声念到这个词，笑意就会在胸口深处爆发，然后从体内一路涌到喉咙口。我闭上眼睛，决定回想一下目前为止最最悲惨的事。初二过年时，他们没给我买巴顿战车；老爸外遇使得老妈离家出走了三天；小妹得了儿童哮喘；放出去的鸽子再没回来过；九月九庙会丢了零用钱；中学体育运动会上，足球项目在决胜 PK 赛中遭遇惨败……这样还是不行。艾达玛双手塞住嘴巴拼命挣扎，还不时漏出嘻嘻声。我不知道想忍住不笑竟是如此困难的一件事。脑子里浮现出松井和子的模样：修长光滑的小腿、斑比的眼睛、像地平线般笔直的雪白手臂、美得不可思议的颈部曲线……抽搐好不容易得到了控制。原来美丽少女可以平息爆笑，可以让男人变得认真。过了一会儿，艾达玛也满身大汗地站起来。后来问他才知道，原来他回想起了矿井爆炸时被烧焦的尸体。不想想那么惨不忍睹的事就没法止住笑，艾达玛朝着中村的脑袋就是一拳："白痴，想让我们发疯啊？"说完，我轻轻打开了校长室的门。

"中村。"

"有。"

"是拉肚子？"

"……不……太清楚……"

"马上就能拉出来吗？"

"已经挤到肛门口了。"

"就去那上面拉。"

"啥？"中村张大了嘴，一副孬样。原因是我正指着**校长办公桌**。

"这种事，我做不出来。"

"你说啥？你害我们大笑，差点被发现，不该罚吗？要是游击队的话，当场就把我们给毙了。"

中村一脸哭相，不过我和艾达玛还是没放过他。月光照在校长的办公桌上，中村爬了上去。

"别看啊。"中村脱下裤子，声音可怜兮兮地说。

"要是感到会出声儿的话，就立马停。"艾达玛捏着鼻子小声说。

"怎么停啊？一旦开始拉，就停不下来了啊。"

"一定得停，难道你想被退学？"

"那不能去厕所拉吗？"

"不能。"

月光下，中村露出白白的屁股。

"不行，太紧张了，我拉不出来。"

"用力用力。"就在艾达玛这么说的一瞬间，"哎呀"，随着一声轻微的哀号，响起了宛如气泵发生故障时的那种声音。"别出声，快用纸塞住屁眼。"艾达玛冲过去小声在他耳边叫唤。可是说也没用，已经停不下来了。这响声太厉害了，我起了一身鸡皮疙瘩，立刻跑去门卫室那边看看动静。心想，要是被退学是因为一坨大便，一定会被大家笑死。门卫好像没醒。中村用长崎县县立高中校长会月刊擦了擦屁股，不好意思地笑了。

屋顶出入口的封锁工作已经大致完成，用的是钢丝和课桌椅。"要是再用上焊接工具就更完美了。"大泷说。

屋顶上只留下成岛和增垣。两人从外侧用钢丝把屋顶的出入口大门封住，之后又通过绳索降到三楼窗户。我们几个在前厅观望他们的行动。成岛原来是登山部的成员，所以用不着担心。

"要是增垣掉下来怎么办？先做下打算吧？"大泷说。

"拨通 119 之后逃走。"

不用说，说这话的人就是艾达玛。因为救了他，大家就会被抓……和成岛不同，增垣摇得很厉害。"增垣他不会小便失禁吧？"布施说，于是我把中村一场革命性的大便说了出来，大家捧腹大笑。增垣终于平安着地，标语从屋顶悬挂下来。

"想象力夺取政权"

我们默默注视了许久。

清晨六点，我和艾达玛分别向朝日新闻佐世保分局、每日新闻佐世保分局、读卖新闻佐世保分局、西日本新闻社、长崎新闻社、NHK 佐世保局、NBC[2] 长崎放送这七家报社媒体打了电话。

这一举动也就是发表**犯罪声明**。

"我们是反权利组织'跛折罗团'，今天凌晨，在体制教育据点佐世保北高实施了校园封锁。"

本来计划中觉得应该这么说，但是因为不太习惯，结果只说成："那个佐世保北高里好像有人实施了校园封锁。"

不过，幸亏这么一报，最先发现北高校园封锁、写标语的成了新闻媒体，而不是门卫、老师、学生或附近的居民。

NHK和NBC七点开始的地方新闻中，报道了县立佐世保北高遭到校园封锁的消息。

那个时候，由于持续的紧张和兴奋，我躺在床上怎么也睡不着，检查了几十遍是否还留有油漆的痕迹。看了地方新闻后，老爸进了我的房间，面色恐怖。

"剑儿。"

老爸喊着我的小名。自从小学五六年级开始，他就不叫我"剑儿"而是"剑"了，也许每当亲子关系紧张时，老爸老妈都会本能地回想起小时候，那时就又会喊我"剑儿"。看来新闻已经播过了。

"剑儿啊，好好看着爸爸。"

老爸这么对我说。我爸是个有着二十年教龄的美术教师。似乎很自信单从少年的脸色就能看出他撒谎与否。他皱着眉头，看我的脸看了好一会儿。我以一张睡眠不足与兴奋犹存的脸回视。老爸似乎认为我并不知情，无论多么老到的教师，还是宠爱自家孩子的。近来，激进派学生多为教师子女，这已经变成一个社会问题。虽然有人说，这是严厉的家庭环境造成的，但这种严厉和宠爱也可以相互转换。和自卫队军官、警察一样，教师也是一项

---

1 鲍勃·迪伦 1966 年推出的歌曲。
2 美国全国广播公司（National Broadcasting Company）的缩略语。

奇怪的职业。明明大都是些没用的俗人，偏要冠以圣职的美名，存在于地方城市的社会关系中。作为战前协助过法西斯的回报，才给予了他们毫无根据的尊敬，而且至今仍然根深蒂固地存在。我爸是个受学生欢迎的暴力教师，不只揍学生，还揍过校长，揍过 PTA[1] 的会长。尽管如此，却不曾揍过我。记不清那是什么时候了，我问他为什么不打我，老爸回答说："自己的小孩可爱啊，舍不得打。"真是个诚实的老爸。

"剑，你没做过吧?"老爸问我。

"什么啊?"我揉揉眼睛，装作没睡醒的样子问道。

"北高的校园被封锁了。"

我听了之后，睁大眼睛从床上一跃而起。用了三秒钟穿裤子，四秒钟穿衬衣，两秒钟穿好袜子。看到我装出来的慌张样子，老爸似乎更确信我是清白的了。留下老爸一人在房里，我冲下楼梯，大叫一声："不吃早饭了，我走了。"出门之后，又拼命跑了一百米左右。

来到斜坡上，已经可以看到北高，眼前出现了垂幕标语。

"想象力夺取政权"

我被此情此景所感动。这才知道通过自己的力量，也能改变

---

1 家长教师会（Parent-Teacher Association）的缩略语。

早已看惯的风景。

我心潮澎湃地往山坡上爬，看到的是物理老师和十几名学生正在校门口企图抹掉标语。一股香蕉水的味道。想让风景恢复原样的家伙们看起来如此丑陋。电台正在采访这些丑陋的学生。

会是谁干的呢？

"不是北高的学生，北高的学生是不会做出这种事的。"

一位指甲缝里满是蓝色油漆的丑陋女生哭丧着脸回答。

进教室后，艾达玛朝我笑眯眯地眨了眨眼。我们趁人不注意偷偷握了握手。

过了八点半，**班会**仍未开始。"教职员工会议仍在继续，请同学们在教室里等待。"尽管校内广播重复了好几次，可整个北高已经陷入混乱。直升机在上空盘旋，以体育老师为中心，伙同部分丑陋的学生，正企图拆掉封锁住屋顶的障碍物。

老师们认为，除去垂幕和油漆标语是首要任务。体制就害怕景物的改变。我觉得他们虽然对媒体也有所顾虑，但尽早将变了样的校园恢复原状才是当务之急。

学生人数多得超乎想象，个个都拿着抹布努力清除油漆标语。正在清除大门前的红漆"杀"字的学生会主席一看到我立刻站起来，两眼通红。学生会主席本来边哭边跪着擦字，突然，原本拿着抹布的手一把抓住我的衣领。

"矢崎，不是你吧，啊？你不会这么干的吧？你是不会这么干的吧？我不信北高学生会做侮辱北高的事。矢崎，说啊，你说啊，你说啊，说你没干过，说啊你，快回答我啊！"

冰冷的抹布让我不快，真想揍他一顿，不过我担心那会引起骚动，招来别人注意。**"挪开你的手！"** 我能做的只是怒吼和瞪眼。真搞不懂我怎么能如此愤怒？你这个四眼、小个儿、龅牙，明明只有十七却已经有了白头发的学生会主席，因为自己学校的大门被人用油漆写了标语，居然就要哭？这学校是你的神圣殿堂啊？不过话又说回来，这种人很恐怖，太容易被洗脑。在朝鲜和中国进行虐杀、拷问和强奸的就是这种人。这种人会为写了标语而流泪，却对中学同年级女生一毕业就去舔黑人的小鸡鸡无动于衷。

"剑，你输咧。"

艾达玛看到了我和主席的对峙。

"我才没输呢。不过，那白痴还真有一股气势咧。"

"嗯，把手那么泡在水里擦那个地板，真不可思议。"

"没错，怎么那么拼命咧？刚才你说我输给他，要输的话也就是输了那股拼命三郎的气势吧。"

"嗯，剑你好像有点招架不住了吧。"

"为啥咧?"

"是呀，还是因为不纯。"

"不纯?"

"我们不是动机不纯吗?"

"动机? 搞校园封锁的动机?"

"不搞校园封锁也不会死啊。"

"艾达玛，混账东西。你不知道每天会有多少越南人民死去吗?"

一说起这种话，我就立刻变成标准口音。就像越平联做演说的时候，如果用方言，总觉得有点怪，这是什么原因?

"越南嘛……"

"基本上，在南京或在上海捣乱的，就是类似主席这种家伙。"

"你是说南京哦。不过，看他们那么拼命地打扫，你咋不觉得奇怪咧?"

"那有什么好奇怪的，这帮家伙可是体制派的人。不过我从前倒不知道体制派的人竟有那么多。"

"不是，俺不是这个意思。"

"那是啥意思?"

"你不觉得咱干这事儿，好像就是为了给他们卖命表现制造机会？"

艾达玛带着略显落寞的神情说。艾达玛总是这样，总是说一些让人感到徒劳的话，却也有一种难以言明的说服力。

教师办公室的玻璃窗前、校长室前的走廊上，还有图书馆的墙前，大批学生在九州七月的大太阳下，成群结队挥汗如雨地拼命清除着油漆标语。也许艾达玛说得没错，不只是好学生，连那些平时因为这所学校而自卑得要死的差生也正拿着抹布吭哧吭哧地卖力擦油漆。

中村面色铁青地站在校长室前的走廊上，手里还拿着块抹布，看到我和艾达玛后，抽筋似的笑了笑。

"你怎么也拿着抹布？"

艾达玛这么一说，中村立刻吐了吐舌头。

"不是啊，如果什么也不做只是站着发呆，不太好吧，会被怀疑的。你们忘啦？我可是**没有指纹的人**啊。不过剑哥，说起来有点怪哦。"

"咋啦？"

我正追问，艾达玛扯着我的袖子一起蹲到地上，装作正在除去走廊上的油漆标语的样子。教导主任和两个门卫，还有副校长、穿制服的警察以及便衣刑警模样的男人从背后走来。我、艾达玛和中村假装擦地，等他们一伙人离开。看到警察还真有点害怕。为什么警察走路的时候，总是发出这种哗唧哗唧的声音呢？而且穿的是肥大的系带警靴，走起路来声音甭提多大了，我的心脏都快爆了。走在最前面的是教导主任，他那双拖鞋恰好停在我眼前，随之，警察的哗唧哗唧声和脚步声也一同停下来。

"**同学们。**"教导主任说道。我抬起头，喉头发干。

"同学们，这样擦，油漆还是擦不掉的，我们会让专人来处理。你们大家的心情，我们是理解的。都快回教室去吧，班会马上就要开始了，毕业典礼也要如期进行。好了，快回去吧。"教导主任说。虽然我对自己害怕被捕遭受私刑而感到生气，不过，一看到紧锁眉头满脸痛苦的教导主任，我的心情立刻好起来。

一次，我正在爵士咖啡厅听着 A.C. 裘宾[1]，一个人突然抢过我的可乐杯，当场给了我十几记正反耳光，不但如此，还罚了我四天的停课处分。那人就是这位毕业于九州帝国大学法学系的教导主任，是个每次早班会或期末典礼上，都会引用《论语》来指责不正当行为的愚蠢，还因此暗自得意的家伙。他身材高大，满头银发，写了好几本关于古代刑法的书，总是用最最可恶的方法

---

1 安东尼奥·卡洛斯·裘宾（1927—1994），巴西民族音乐大师，世界级原声吉他大师，1950 年把巴西桑巴音乐与美国西岸的酷派爵士混合形成全新的音乐形态巴萨诺瓦。

来说教。他总是带着冷漠的目光，用并不激烈的声音这样责骂学生："我们学校没有工夫把你这种垃圾培养成好学生，若有什么不满，尽可以快快退学去其他学校。"这种家伙，居然也会垂头丧气满脸沮丧。教导主任朝着教师办公室走远了。我听到副校长说，这是建校以来**最不幸的事件**。建校以来……我跟艾达玛对看了一眼，再次握握手。

"去屋顶看看吧。"艾达玛说。中村也跟着。

"中村，刚才你说啥有点怪啊？"

艾达玛边上楼梯边问。楼梯平台的柱子旁，也聚集了一群学生，正用抹布擦着油漆标语。

"嗯，因为我心里总有点在意，所以一到学校就马上先去了校长室。然后咧，那里已经没有臭味了。"

"那大便一定是最先被清理掉了啊。"艾达玛说。

"哦，这样说起来，我好像是闻到了一点消毒水味。"

"大概是门卫吧。门卫六点就起来了，看到标语一定吓个半死，马上跑去教师办公室和校长室，对吧。然后在那儿发现大便就立刻把它弄干净了呗。怎么说大便也不是可以拿来开玩笑的，对不？"

艾达玛的分析很冷静。

"嗯？不是可以拿来开玩笑的是啥意思？"

"中村，你觉得大便有思想吗？"我说。

"思想？大便吗？没有吧。"

"从古至今，思想犯都受到宪兵或特高[1]的特殊对待，而没有思想的罪犯们，大概马上就会被送上十字架断头台了吧，那就更别说随便拉大便了，又脏又难以想象，这样做的话实在是太过分了嘛。"

"等一下。"中村停下爬楼梯的步伐。

"叫我拉的可是剑哥啊。"

中村几乎要哭出来。

"叫你拉你就拉，哪有这种高中生啊？还把玩笑当真了啊。"

眼看中村真的快哭了，艾达玛拍拍他的肩膀安慰他。

"中村，骗骗你的，别把剑的玩笑话当真啊。"

之后，无论在报纸、电台、电视，还是警察的发言以及校长的讲话中，都没有提及大便的事。恐怕只留在了门卫心里，被他自行消化了吧。

"剑哥，在图书馆墙上写'拿起武器'的是你吧。"

想报大便之仇的中村提起这件事。

---

1 日本战前的特别高等警察。

“嗯，是我。”

“字好像写错了哦。”

“啊?”

“把武器的‘武’字写成考试的‘试’了吧? 好像已经成为大家议论的话题了。说这种笨蛋一定不是北高的学生，还说只要进行一次汉字考试就能知道谁是罪犯，大伙似乎都这么说来着。”

艾达玛听后笑出声来，中村好像也很得意。

屋顶出入口的障碍物已经被拆除得差不多，相原和川崎汗流浃背地干着。相原用钳子剪断铁丝，而川崎把堆在一起的课桌椅往旁边移。相原看到我后，停下手上的工作，抿嘴一笑。

“哟嗬，矢崎，你来干什么?”

对这家伙，我特别不想说什么卑躬屈膝的谎话。“我是来帮忙做拆除工作的。”对这种家伙说这种话，我可说不出口。就算说了，脸上的鄙视和憎恨也会立刻把我出卖。

“哦，我来见识一下什么是校园封锁。”我说。相原收起笑容，瞪着我。

“不会是你干的吧?”川崎问，汗水已经将他的衬衫完全贴在身上。本想笑笑应付应付，可面部僵硬，掩饰得不太成功。不过，那时几乎所有老师都认为这是校外人干的。“哼!”相原对我不屑地一笑，"如果犯人是矢崎你的话，"相原说，"我一定勒死你。"

在文科升学班的走廊上，我遇到了松井和子。简小姐双手交叉放在背后，哼着《像个女人》，面露微笑。既没出汗，手上也没拿抹布，看来没有参加清除标语的队伍，那我就放心了。"早上好，矢崎同学。"她用清脆的女低音跟我道早安，留下了一路柠檬洗发水的味道。我的心中涌起一股勇气，心想真是太好了，校园封锁真是做对了。

来到前庭，看到了被拆除下来的标语。相原和川崎正将布一圈一圈卷起来，准备放入一个纸箱。

"想象力夺取政权"这几个字也被揉成一团，放进了箱子。直升机高空盘旋，上面是七月蔚蓝的天空和气势磅礴的积雨云。虽然校园封锁了不到半天，但我觉得，夏日晴朗的天空还有云彩，仿佛都在支持着我们。

进入暑假的第三天，我正舔着冰棍，看着重播的爱情剧。
四名刑警来到我家。

刑警总是突然找上门来。

"我是刑警，现在要去逮捕你，请务必留在家里，请多多指教。"他们绝对不会讲这种话。曾有过被刑警来访经验的人，会发现人生中一件重要的事情——不幸，总是不知不觉地，在你不知道的地方，自己成长起来，然后突然有一天，发生在你眼前。就是这么一个重要的事实。幸福则相反。幸福，是阳台上一株可爱的小花苗，或是一对金丝雀雏鸟，在你眼前极其缓慢地成长着。

就在看上去什么都没发生时，所有事情都发生了。

那天，早上开始天气就是大晴，景色没有任何不同，电视节目也一如往常。形状像王将棋²的冰棍，依然保持着那种低级的甜味。四个男人按下门铃，把老妈叫了出去，他们并没进屋。老妈脸色大变，来叫老爸。到底发生了什么，我还毫不知情。只是觉得那四个男人不太像来收煤气费的，一股**不祥的预感**。不祥的预感就像雾霭一般，冷冷湿湿地飘散，突然凝结成具体的图像。其中一个男人越过大门朝我这边看，随即，老爸老妈也回过头来看我。雾霭越来越浓，老妈蹲下身去。

"他们是刑警。"老爸走来跟我说。

"他们认为你是北高校园封锁的重要关系人，是来带你回去的。"

一瞬间，冰棍失去味道，景色变了，预感的雾霭结成图像，我变得神情恍惚起来。被发现了，可是，怎么可能？所有疑问和不安不停在我头顶打转，我觉得口干舌燥。

"我跟他们说是不是搞错了……可这到底是怎么回事？你到底做过没有？"

状如王将棋的冰棍化了，冰水啪嗒啪嗒滴在地上。"做过。"我回答。

"是么……"

老爸盯着滴落在地上的冰水看了好一会儿，一脸难过地回到刑警那边。

---

1 阿兰·德龙（1935— ），法国著名影星，代表作有《佐罗》《黑郁金香》等。
2 日本象棋。

警察署不同于其他任何一个地方。

一定要举例的话，就像到了豆腐渣工程的高中教师办公室那样吧。保持沉默保持沉默保持沉默，我边小声念叨，边走入问询室。隔着一张简陋的桌子，一个名叫佐佐木的中年刑警坐在我对面。大眼对小眼之后，他"呃呵呵呵呵"地笑起来。窗子上装有铁栏杆。佐佐木敞开衬衣，摇着一把画有孔雀图案的扇子。天气好热，汗水从额头流到脸颊又流向脖子，我一个劲擦汗。

"热吗？"佐佐木问，我没回答。

"我也热啊。山田、大泷，还有成岛他们，全都招了。"

佐佐木拿出一根 hi-lite，吸起来。

"矢崎同学，大伙都说你是领头的，是不是啊？"

好想喝点什么。喉咙里还留有冰棍黏黏的甜味。

"你准备什么都不说吗？"

另一名刑警拿来麦茶，放在我和佐佐木面前。我不敢去碰，因为害怕。就好像一喝麦茶就会全都招认一样。

"这样的话，会花很多时间哦。山田和大泷都已经招了，中午过后就能回家了。那么，矢崎同学你还是不讲，对吗？你看，你只有十七岁，所以调查审讯是非强制性的。就算你今天一直这样保持沉默，我们也不会拘留你，可明天还要请你再来一趟。还有，其他人交代的记录，马上就可以整理好，到时候也许就要**逮捕**

你咯。"

离开家的时候，老爸这样对我说："剑儿啊，警察已经全都知道了。除了出卖朋友，你就全都老老实实讲出来，早点回家，反正你又没杀人。"老爸，儿子被警察带走时，你居然还能说出那么冷静的话，我真是佩服。

"我说矢崎同学啊，我们警察的工作就是这个，知道吗？这么热，又在这么狭小的房间里，碰到的不只有你这种以考入东大为目标的高中生哦。对了，听松永老师说，你是一名非常优秀的学生啊。"

警察轻而易举就把所有事情都调查清楚了。不幸通常在不知不觉中进行，如同蛀牙一样。

"不过，我们面对的可不只有你这种人，有黑社会、流浪汉，有头脑不正常的卖淫女，还有不知道在说什么的瘾君子。那就很累啦，夏天热得要命，冬天冷到两腿哆嗦，我还有神经痛咧。可这就是我的工作，没办法。就算到了凌晨一两点，烦得要死也没办法，工作嘛。可你就不同了，还要应付考试，很辛苦吧？唉，还是不打算说，对吧？那明天早上八点再来一趟吧。明天也不说吗？要是一直不说，那只能逮捕你了。"

我不知道当时自己是怎样一种表情，我好脆弱。没准是动机的缘故，又不是亲兄妹被杀。警察说的一点没错，我好想从这麻烦又沉闷的事情中，从这审讯中早点解放出来。没有任何依赖，可以依靠的只有一颗反抗的心。心里只有一个想法——再怎么着也不能协助警察吧？可是，不想再待在这种令人不快之地的情绪支配了我。

"为什么会暴露，你知道吗？"

我摇摇头。水滴从廉价的麦茶塑料杯外流下，慢慢染湿斑驳的桌面。问询室里的这种惨相，正是为了能逐渐摧毁案件关系人或嫌疑犯的反抗心理而设计的，而一名高中生又怎么可能知道这一切。自尊逐渐被剥离，最终慢慢走向自白，小市民出生、才十七岁的我是无法了解这种事的。好想回家，好想来根冰棍，心里想的只有这些。

"不知道？要不是有人说出来，我们怎么可能知道？嗯？不对吗？"

我渐渐失去羞耻心。找了找可以支撑自己的东西。什么时候去看的《阿尔及尔之战》来着？是和老爸一起去看的那次。**阿尔及利亚**的那些恐怖分子，即便是背后被顶着燃气枪也没招认。没错，出卖朋友比死更为耻辱……但是，那个想早点回去、躺下吃根冰棍的我，却暗骂自己真蠢。难道这儿是阿尔及利亚？眼前那个是法国的秘密警察？我们捍卫的是独立战争？如果我招认将有人丧命？

"你看吧。"警察指了指桌子旁边堆着的调查笔录，"你的朋友们，全都说了。"

被告知大家全说了，我真是大吃一惊。中村有没有说大便的事呢？有没有说是矢崎指示他在校长办公桌上大便的呢？我开始害怕了。就像艾达玛所说的，随便大便可不是开玩笑的，这可是没思想的表现。我读过各大院校的全共斗斗争记录，不记得有拿大便作为斗争手段的。莫说罪加一等，不会被当作**变态行为**来处理吧？不会被松井和子讨厌吧？一点也不罗曼蒂克啊……

"就算你不说，我们也已经全都知道了。你的朋友们可全都招了。说说看吧，为啥不交代，傻吗？想袒护谁吗？是要袒护那些供出你名字、还说都是受你指使才去干的人吗？这样做你就开心啦？"

警察说的这番话，和正想吃冰棍的我的内心独白一模一样。连艾达玛的名字都出现了，可以相信的只有他了。和其他那些家伙结成一块儿并非因为思想相通，而艾达玛和他们不同。那些家伙都是些差生，只不过了克服那种自卑感才来参加校园封锁，如果把我跟他们归为一类，就太让人受不了了……人啊，一旦抛开自尊，就会无止境地欺骗自己下去。差生为了克服自卑感而参加校园封锁，难道还不算高尚吗？可是，我已经无法把这种判断看作理所应当了。无论阿尔及利亚还是越南都太遥远了，这里可是和平的日本。虽然我们确实可以听到幽灵式战斗机在呼啸，曾经同级的女同学也在舔黑人大兵的小鸡鸡没错，可毕竟没有流血，炸弹并没掉在头上，这里也没有整个背后都被烧焦的越南小孩。在这么一个国家的西部小镇上一间热得要死的警局小房间里，我到底在干什么啊？在这里保持沉默，世界就会改变了？东大也好，日大也好，所有的全共斗不也都以失败告终了吗……我企图得到什么，我想得到的就是跟眼前这个满是皱纹、双眼浑浊的中年男人进行抗争的理由。可我能做的只有大喊一声"我最讨厌你这种人了"，随后吐吐舌头，仅此而已。好想舔舔冰棍的那个我不断问自己，为什么要搞校园封锁？既不是阿尔及利亚的恐怖分子，又不是越共，也不是格瓦拉麾下的游击队，那为什么要待在这种地方呢？我知道了，理由就是为了能得到松井和子的赞扬。可是，不知为什么，就是没办法挺起胸膛，说这是个正当的理由。

"你想成为乞丐吗？"佐佐木刑警坐正姿势，改为严肃的表情说。

"我知道很多哦，你看，像松浦町啊，还有玉屋附近，那些讨饭的不都在那里转悠吗？嗯，没准矢崎你很适合当乞丐哦，看你脑子也有点不太正常。我认识好些个变成乞丐的人，这样说来里面还有跟你长得很像的人咧。乞丐啊，脑子都不傻的，只是变成乞丐后，脑袋挨了揍才变傻的。之前啊，那些家伙可都不傻哦，每个人也都想去东大日大的。就差那么一点，就因为犯了那么一点小错误，就一下沦为乞丐喽。乞丐啊，真是臭得要命。"

我喝了麦茶，之后，屈服了。

回到家的时候，已经是夜晚十一点以后。别说吃冰棍了，老爸和老妈都好久不跟我说话。小妹从床上爬起来，穿着印有可爱小猪的睡衣。"啊，哥哥你回来啦，好晚哦。"不知道是她毫不知情呢，还是知情后想故意缓和气氛，她又嚷着说，"哥，可要带我去看阿兰·德龙的电影哦。""嗯，知道了，哥带你去。"我挤作笑容回答她。"哇，好开心哦。"小妹说着跑过来，在我脸上亲了一口。

"阿兰·德龙啊……"听到小妹睡着后打呼的声音，老爸喃喃自语。他双臂交叉，一直看着天花板。

"阿兰·德龙和让·加宾一起演的那部电影，叫什么来着？好像还是和你妈一起去看的，好几年前的事了。"

"是叫《地下室的旋律》吧？"老妈脸上的泪痕很清晰。

"噢，对。"

老爸又沉默了一阵子。这种时候，时钟的声音变得格外响。"无论在什么时候，时间这东西总在流逝。"我正考虑这么一个怪问题。

"你,"老爸突然转向我这边,"要是被**退学**怎么办?"

在我回家之前的那段时间里,爸妈已经商量了很多事。

"嗯,参加入学考试,然后上大学。"我这么回答。

"知道了。快去睡吧。"老爸声音平和地这样对我说。

"昨天,警察来联系过了。这已经不是责骂或说教可以解决的,处分在所难免了,应该会由校长宣布。总之,在这之前你们就乖点吧。"

补习课开始之前,班主任松永把我和艾达玛叫去教师办公室,并说了这番话。办公室里气氛非常微妙,这跟因为逃掉补考、偷偷去爵士咖啡厅被发现、在厕所抽烟被抓到而叫到办公室的情况完全不同,周围一片冷漠。也没有哪个老师跑来说"又是矢崎这笨蛋""能不能有哪次来办公室是来接受表扬的啊"之类的话。体育老师们和教导主任只是隔着办公桌,远远看着我们和班主任。甚至还有老师跟我们目光接触之后,立刻低下头去。我想,他们一定不知道该如何应付吧。毕竟,这是建校以来最不幸的事⋯⋯

补习课的教室里也是一样。同学们一副好像什么事都没发生过的样子,正在读《枕草子》。因为我和艾达玛所能理解的已经超过西九州这些乡下高中生,而他们还不知该如何对待我们才好。

课间休息时，只有几个极亲密的同学聚集到我和艾达玛身边。"哎，别提多有意思了。"我大声跟他们聊起来。我把如何计划、怎样实行，以及在警察局被审讯的过程，夸张而又生动地描述给他们听。说到中村大便时，更是引来接二连三的爆笑，班上一半的同学将我和艾达玛团团围住。就因为这么一说，我成了**明星**。从中我学到了一点：就算做低调的反省，也根本没有人理睬你，因为谁也没法做出评断。在这种学校里，能对校园封锁作出思想性判断的人一个也没有。所以，能够乐在其中的就是大赢家。就算害怕被退学，只要能神气活现，笑着跟大家说校园封锁是何等开心的事，一般的学生也就能够安心下来。其实，这种事大家也想参与，不过，那也只是半数人而已。剩下的，应该会进一步加深对我们的敌意，那些家伙定是认为我该哭着乞求宽恕才对。我感受到了这些家伙的憎恨目光，继续说下去。"就算被退学，"我在心中暗暗对着那些家伙说，"就算被退学，我也绝不会输给你们这些人，一定要让你们一辈子都听到我快乐的笑声……"

　　补习课后，我和艾达玛，还有岩濑，三个人在图书馆里谈话。

　　"到底是哪里被发现了？"岩濑问。

　　"都是布施那傻瓜。"艾达玛在旁说明。

　　"布施啊，他住的相原町不是离学校很远吗？那傻瓜衣服上沾到油漆咧，半夜骑着车回家，然后被警察叫住咧。相田町那一带整个一乡下地儿不是吗？晚上骑车的除了小偷还能有谁？话又说回来了，要能好好应付过去就没啥事咧，乡下警察懂个屁啊？要想糊弄糊弄他们还不容易？可布施咧，唧唧歪歪唧唧歪歪乱说一通。那时候这警察也一定没想到他是干完校园封锁回家的，问了学校和姓名就放人咧。可听了新闻之后，再蠢的警察也会觉得可疑对不？就立刻又把布施拉了去，结果那傻瓜又一五一十全给招咧。"

"矢崎同学。"背后传来天使的声音。松井和子站在那里，一脸认真。简小姐身旁还站着佐藤由美，人称北高英语剧团的安·玛格丽特[1]。

"是这样的，我和由美也商量过了，我们想举行**联名运动**……为了不让你们被学校退学……"

听她说这番话时，假如我是一条狗，一定会恨不得把尾巴摇断，然后小便失禁，口吐泡泡，在地上不停地来回打滚。

---

1 安·玛格丽特（1941—　），美国女演员、歌手，出生于瑞典。

林登・贝恩斯・约翰逊
（Lyndon Baines Johnson）[1]

全体三年级女生集合在第一体育场，练习要为国体开幕典礼增色的团体操。指导她们的正是战争遗孀小文。所有老师都会利用自己的身份对学生进行恐吓，以此填补空虚生活中的失落感。其中，驾驶员培训中心的教练就是个最好的例子。阴暗孤寂的人际关系滋生出这些不知羞耻的老师。

"注意了注意了，三班的，可没有男生在看你们哦。你们是因为担心被看所以不敢抬腿吧，没有谁要看你们的腿，快点用力再抬高点。"

小文拿着麦克风大叫。明明放眼一望就是三百名十七岁的少女，我和艾达玛仍然提不起劲来。明天就是校长宣布处分结果的日子。简小姐和安・玛格丽特计划的联名运动已经成为泡影，被事先有所察觉的校方压制了。

前天下午补习结束后，我和艾达玛他们在讨论吉米·佩吉和杰夫·贝克[2]谁的指法快，谁的脚程快，又是谁吃饭吃得快。当我说没准连詹尼斯·乔普林[3]的放屁声也是沙哑的，所有人哄堂大笑。突然，一个人停止大笑，指了指教室门口。这下大家都停下来，又恢复了安静。原来**天使**站在那里，松井和子正朝我们这边看着。美少女都拥有让男人止住爆笑的能力，而丑八怪恰恰相反，她们是引发爆笑的根源。

"矢崎同学，你来一下……"

说着，松井和子低下头去。我带着想边唱"飞啊飞啊飞啊"边跳舞的步伐，朝天使靠近。天使来到走廊上，放松地靠着墙壁，双手背在身后，抬头望着我。"要是能被这种目光凝视，"我想，"要是能被这种目光凝视的话，就算上战场或是去干其他任何事，我都会欣然接受……"

"矢崎同学，我呢……"天使的声音很小，为了听清，我必须更靠近她一步。于是我靠过去，直到可以闻到她头上洗发水的味道。看着她稍稍冒汗的额头、粉色双唇上的细小纹路，还有微微

1　林登·贝恩斯·约翰逊（1908—1973），美国第36任总统，肯尼迪遇刺后入主白宫，在任期间使越南战争扩大化。战事失利后，在美国国内出现反战浪潮，种族暴乱频仍，民主党内矛盾重重，陷于分裂。在此背景下，他任期期满未再谋求连任，从此退出政坛。
2　吉米·佩吉和杰夫·贝克，二人均出生于1944年，同为英国知名吉他手。
3　詹尼斯·乔普林（1943—1970），美国蓝调天后，因服用过量海洛因逝世，年仅27岁。

颤动的长睫毛，我恍惚了……心想，如果能紧紧抱住这美丽的椭圆小脸，不知道是种什么感觉。大家都从教室里扬起头来，艾达玛诡异地笑着。其中还有紧握拳头，将大拇指从食指和中指中间伸出，做出不文明手势的家伙。

"要不要找个地方，去图书馆怎样？"我这么说。

"就在这里说好了。"天使拒绝二人独处。

"是这样的，我和由美啊，还有其他一些人想举行联名运动的，结果被老师叫去谈话了。我真的很羞愧，是想来跟矢崎同学你好好说明一下，要是不说，总觉得心里过意不去。嗯，我，一定要向你道歉，嗯……"

全都明白了。原来松井和子受到了老师的威胁，是那伙不知羞耻的老师们。我立刻就能想象得出他们是怎样刁难人的。手段都一样，和警察、宪兵之类的性质是相同的。他们站在法律制度那边，说着："你有什么不满呢？说说看啊，在这么一个和平自由的国度里，在东大录取率全县第一的这所学校里，你们就该为自己的将来好好勤奋学习嘛。到底有什么不满呢？"他们就是这样攻击学生的。

"对不起哦。"松井和子咬着嘴唇。也许她想起了跟老师进行的这场耻辱性的对话。没有比这更叫人生气的了，那些家伙说来说去就是"安定"，也就是"升学""就业"和"结婚"。他们以为只有这些才是通往幸福大道的大前提。虽然这大前提很让人生气，但还特别难以对付，这对于什么都不是的高中生来讲，很难招架。

"松井，你是三班的吧？"

听我这么一问，天使点点头。

"班主任呢？是清水么？"

"嗯，是清水老师。"

清水是个下巴突出的阴险家伙，从侧面看起来，他的脸就像一轮弯月。"哦哟，松井，你想干啥呀？矢崎那种不良少年跟你有啥关系呀？你能不能给我考虑考虑清楚？"我学着清水的样子说道。清水毕业于佐贺大学国文系，是一所全日本最最老土的大学，而且还是国文系。佐贺除了县政府前的七色喷水池、旧城遗址和田地之外，别无他物。拉面难吃，年轻女孩也少，是个为福冈、长崎提供大米的农业县。在那种完全没有时尚流行的县里，学习国文这种东西的人，根本没有权利对像松井和子这样既美丽又具勇气的女高中生说三道四。

虽然我模仿清水的功力还不强，可松井和子还是一只手捂住嘴，笑了。

"噢，对了，你等一下。"

我说着，回到教室，跟一个叫江崎的家伙小声说："刚才那张唱片借我。"他家是开连锁美发厅的。"啊？可是……"江崎的脸上露出不情愿的表情。"笨蛋，少废话，快拿来。"我瞪着他，要他打开书包，然后一把抢过还未开封的新唱片——《廉价刺激》。"啊，我还一次都没听过啊……"我没有理会江崎的哀号，朝着天使的方向跑去。"节哀顺变吧您呐，这种情况就算碰到对手是警察或是老师，剑也会拿走的。我看这就是你的命，你就认了呗。"艾达玛安慰江崎。

"松井，詹尼斯·乔普林你喜欢吗？"

"啊，我知道这张唱片，是个声音嘶哑的女人唱的对吗？"

"嗯，这个很棒哦。"

"唱民谣的我只知道鲍勃·迪伦、多诺万[1]，还有贝兹[2] 这些。不过，这张唱片我知道哦，里面还有一首《夏日时光》对吧？"

松井和子真是善解人意。那张说好要借但仍未兑现的西蒙与加芬克尔，她提都没提。

"这个借你。那些事忘了吧，联名的事都忘了吧，我觉得我不会被退学的。"

"呀，这还是新的呢。矢崎同学，你还一遍都没听吧？"

"哦不，反正我接下来都要被罚禁闭、停学之类的。你看，我有的是时间不是？那时候再慢慢听也不迟。"

---

1 多诺万·菲利普·利奇（1946—　　），被誉为英国民谣泰斗。
2 琼·贝兹（1941—　　），美国民谣女歌手。

我从走廊的窗户朝远处的群山望去，努力装出看起来很凄凉的笑容，这么说道。我发现松井和子一直抬眼凝望着我，"太棒了，我成功了。"我发现我竟然想立刻狂舞一番。天使离开时好几次回过头来。回到教室后，江崎白了我一眼，小声抱怨道："就想着自个儿，就想着自个儿，别人的事都……"艾达玛则称赞我："嗯，不错，满分一百！"

这也就是说，反对退学的联名运动已经被取消，接下来只有等待判决了。

"你说，咋越看这集体操就越来气咧？"

艾达玛看着运动场上跟着音乐节拍，依照画好的白线，时跑时跳的大批女高中生们，烦躁地说。我还是第一次看到艾达玛表现出这种表情。他一向是个温和冷静的男人，不会将自己的喜怒哀乐暴露在他人面前。即便出身于极其偏僻的矿区，但由于他爸从事管理工作，他妈也是毕业于高等师范的大家闺秀，所以艾达玛一直在不缺亲情不少玩具的环境中长大。学风琴毕竟也学到了五岁，作为矿区出生的小孩，几乎可以说是属于特殊阶级吧。

这样的一个艾达玛也消沉了，因为很在意即将公布的处分结果。

"错了错了，从刚刚开始一直说到现在。"小文责骂女学生的吼叫声真是刺耳。小文那细喉咙上暴出了青筋和血管，很不耐烦地摇晃着下垂的屁股，她根本没有权力如此嚣张。就算艾达玛不说，我也觉得**想吐**。虽说其中也有个别行为过分的，可看到十七岁少女的身体这样服从于命令，实在让人不快。在这样一个八月的炎日，穿着土气的运动服，被强制做动作，这不是十七岁的身体该承受的。虽说其中难免也有长得像河马的，不过大部分柔滑富有弹性的肌肤是为了在海边戏水、欢叫、奔跑而生的。

让我们无精打采的原因并非只有明天即将公布的处分，看着女子集体操也让我们变得意志消沉。光是看到个人或集体受到什么强制，就足以让人不快。

老爸也好，老妈也好，晚饭时都没有触及处分的话题。之后，我和穿着浴衣[1]的小妹一起放了焰火。"哥哥，下次我把鸟贝同学带来哦。"小妹对我说。那个姓鸟贝的是小妹的同学，只有小学六年级，却颇有几分姿色，是个日美混血儿。我一直让小妹介绍给我认识，看来小妹还真记得这事。她是为了想给我这个表面上看起来在开心地放着焰火，其实无精打采的哥哥一线希望。

老爸来到走廊上。"让我也玩玩。"他说着便赤脚走下院子。一口气拿了三根一起点燃，不停画起圈来。"哇，好漂亮啊。"小

---

1 日本人夏天穿的一种薄布长衫，通常在洗澡后穿，也有很多人穿着它参加夏天的祭礼或外出观赏焰火。

妹拍手叫好。

"剑儿啊，明天……"老爸说。我正在想鸟贝妹妹的蓝眼睛和刚刚隆起的胸部，没能马上反应过来老爸说的是公布处分的事。"明天，我就不去了。让你妈陪你去。你看，要是我一起去的话，没准会吵起来。"

老爸总是这样，要被学校叫去时，一定让老妈出面。我也觉得这样做比较好，我可不想看到老爸跟我一起向人道歉的那个样子。

"目光，要正。"老爸这么说。

"校长批评你的种种错误时，目光不要移开，眼睛也不要往下看。不要低声下气的，我不是说要让你耀武扬威，但也别唯唯诺诺点头哈腰的。你们干的不是杀人抢劫，也不是强奸，而是为了自己的信念，所以要堂堂正正地去接受处分。"

我眼泪都要流出来了。自从校园封锁败露之后，我们一再受到大人们的攻击。老爸是头一个给我打气的人。

"要是闹起革命来的话，没准你们还算是英雄咧。被吊死的搞不好是校长那帮人，就是这么回事嘛。"

老爸这样说着，又拿着烟火不停画着圈。焰火，转瞬即灭。

但很美。

和老妈一起走进校门，这还是头一遭。因为父母都是教师，小学入学典礼时，是爷爷领我去的。我们遇到了艾达玛的妈妈。高个子，和艾达玛一样，脸上轮廓很鲜明。"这次都怪我们家小孩，真是非常抱歉。"老妈向艾达玛的妈妈鞠了一躬。"说啥呀？没必要跟艾达玛他妈道歉吧？"我轻轻在老妈耳边说。"谁让你从小到大都是带头干坏事的呢，我这都习惯了。"老妈回答。艾达玛他妈一直看着我："我们家宝贝小正就是受了这个男生的蛊惑……"面对这种目光，我还是装出笑容，精神饱满地打了招呼："您好，我是矢崎。"我跟老妈一样，这也都成了习惯。

无限期闭门思过，校长这么说。虽然是无限期，但根据反省的情况，当然也有可能提早解禁。因为面临毕业和升学，千万不要轻举妄动，不要乱跑，请家长们务必好好督促学生的反省工作……校长又补充道。

"没被退学。"

老妈流着泪打电话告诉老爸。虽然无限期这个词让人联想到无期徒刑，从而产生忧郁情绪。不过，闭门思过听起来似乎可以正大光明地不去学校，又叫人心情舒畅起来。

出了校长室，穿过前庭往校门走时，软派代表城串裕二不顾正上补习课，从窗外探出头，大声叫道："阿剑，艾达玛，咋样啦?""剑，别去别去。"我不顾老妈急得双脚直跳，用响彻全校的声音回答："哦，没被退学哦，无限期闭门思过啦。"乐队成员、班上同学、增垣那帮低年级学生、城串手下的软派连，还有还有还有还有还有还有松井和子，都从窗户伸出头来。大家都朝我挥手，可我，只对松井和子一个人挥了手。

虽说闭门思过的原则就是：一步也不能走出家门，但这样容易引起焦躁心理，产生逆反效果，所以"镇内散步"这仅有的一点自由得到了批准。

我并没有失去自由。虽然不能去电影院和爵士咖啡厅，可由于我家距离市中心近，可以牵着狗舔着冰棍去公园和基地玩玩，再说还有书店、唱片行，还有邦邦女郎的家，在那儿可以偷看她们跟黑人大兵调情，另外，小妹也把鸟贝妹妹带回家介绍给我认识了一下。

艾达玛就惨了，他离开宿舍回了矿区。由于经济不景气，面临关矿边缘的矿区什么都没有。只有鞋店、干货店、文具店和服装店。而且还是只有福助[1] 短布袜的服装店，没有图画纸只有粗草纸的文具店，连咖喱佐料包也没有的干货店和只卖橡胶底布袜

1　日本袜类制造业的龙头品牌。

的鞋店。从去年开始，关矿的传闻已经传遍整个小镇，人口一个劲减少，剩下的只有一些想走也走不动的老人。

已经知道齐柏林飞艇乐队，知道让·热内，知道骑马式体位的十七岁男生，怎么可能微笑着在这种地方闭门思过。

我在前来监督家访的老师面前表现出反省的样子，微笑并客气地与他们交谈，还端出凉麦茶请他们喝。"你，怎么变得那么乖了？"这令老爸非常吃惊。艾达玛就完全办不到了。

"真叫人火大。"这是艾达玛在电话里常说的一句话。和我相反，他总和前去家访的老师发生争执。

"真叫人火大。"

"哎呀，火气别那么大嘛。"

"剑，都说你反省得很不错，真的吗？"

"装的。"

"装的？"

"对啊。"

"咋能装那么像呢？嗯？不觉得对不住格瓦拉？"

"不要走极端嘛，极端。"

"剑，那文艺盛典咋办？"

"搞啊。"

"剧本写好了？"

"就快好了。"

"快给俺送来啊。俺在这里把能收集的都收集起来，事先做好准备。"

"你说的准备，也就只有福助布袜了，准备些个石炭煤渣的也没啥用是吧。"

同闭门思过中的艾达玛开这种玩笑完全行不通。我那么一说之后，电话立刻被咔嚓挂断。不再打过去赔不是可不行。

"对不起对不起，别生气别生气。剧本马上就写好，一写好立马给你送去。还有，那个开场啊，就是文艺盛典的开场，哎呀，就是那个在'道'见过的？叫长山美惠的，纯和的那个，让她穿上白衣，一只手拿着蜡烛，背景音乐用巴赫的《勃兰登堡协奏曲第三号》。然后呢，让她另一只手拿着斧头，舞台上准备好贴着北高老师或佐藤首相[1]或约翰逊照片的胶合板，让她把板砍个稀巴烂，怎么样？好玩吧？"

说了这些话之后，艾达玛的心情才有所转好。只有文艺盛典能让满一肚子火的艾达玛继续撑下去了。校园封锁结束后，不单艾达玛，大家都在期待下一个"盛典"的到来。

---

1 佐藤荣作（1901—1975），日本政治家，曾在 1964 年至 1972 年期间担任日本首相，1974 年获得诺贝尔和平奖。

廉价刺激（Cheap Thrills）

班主任松永学生时代好像长期罹患肺结核，人非常瘦，可以说是个一辈子都没大声说过话的稳重绅士。暑假期间，每隔两天，或者隔天，他就来我家一趟。

就算来家访，松永也是沉默寡言，不怎么说话。"身体好吗？别太急躁。"老师总是这么三言两语。艾达玛那边几乎也是天天去跑，对于咆哮着"所有老师都是资本家走狗"的艾达玛，松永总是报以苦笑，还点点头，不会对此表示否认，称赞一下他家门口的向日葵很美之类的之后就回去了。

上课和补习结束后，松永就坐上公交车，来位于高岗的我家和艾达玛所在的矿区。

从我的房间可以看到公交车站。从公交车站到我家，必须爬过长长一段狭小的坡道和阶梯。松永总是走过这段坡道来我家，途中要停下来休息好几次。曾经得过肺病的老师每天满头大汗地跑来不是为了说教，只是为了说一声"身体好吗?"而这样辛苦和奔波……在我心里，对松永的鄙视消失了。

"也许现在说这些，矢崎你还不能理解吧。我在师范学校时，动过六次大手术，胸口这儿啊，留下好多伤疤，很难看。那时也有过失去意识的情况，起初觉得很害怕，可是人啊，什么事情都可以习惯。手术啊，麻醉啊，失去意识啊，都习惯了。所以我觉得，什么都可以看得开。比如，夏天里，只要能看到美丽的向日葵、美人蕉开放，我就知足了。"

偶尔，松永也曾跟我说过这些话。我不但消除了对松井的蔑视，还反而觉得他是个了不起的老师。尽管如此，我和艾达玛距离这种"什么都可以看开"的心境，还相去甚远。

艾达玛的焦躁已经达到顶峰，自从第二学期开始后，我也有些坐立不安了。平日里，一到上午，本地区的孩子们都去上学，成年男子也不在，剩下的就只有女人、老人、婴儿和狗。就像小学时早退回家时那样，街道看起来总是跟平时不同。卷帘门半开的花店里传出剪花的味道，刚刚开店营业的鞋店老板掸着灰尘打哈欠，别家窗户里传出从没听过的电视节目的声音，幼儿园的小朋友在铁丝网对面做着游戏，蹲在树荫下的老人们则在谈笑风生。

街道上，有着一股疏远感。

可我还必须在这样的街道环境中闭门思过。暑期结束后，我也开始担心各科的出勤率，因为我无故旷课太多。一想到**留级**，我就后背发冷。在这种学校再待上一年，我不可能受得了。

一个雨天，我没法出去遛狗，就在家打鼓。门铃一直响，站在大门口的居然是艾达玛他妈。

"我是山田。想跟小剑同学说点事。"

声音听起来没什么精神。

"嗯，请不要跟小正说我来的事，那孩子会生气的。"

一口漂亮的标准口音。

"虽然来找你也不能解决什么问题，可是我实在没人去说。我想你也知道吧，我们那边听说快要关矿了，他爸忙得不得了，根本没法管小正的事。"

艾达玛他妈挺了挺背脊，用一块白手帕擦了擦脖子和额头。真糟，我心想。要是她哭起来，可叫我如何是好……

"这两天都没通过电话，他，还好吧？"

我这么一问，他妈摇摇头，长叹一口气。随之而来是一阵沉默。他不会是疯了吧，我害怕起来。越是像艾达玛这种一贯温和又冷静沉着的人，遇到逆境时反而更容易变得脆弱。不会是头上扎着蝴蝶结，身上穿着花浴衣，流着口水，用风琴弹着飞啊飞啊飞啊，翩翩起舞吧……

"说实话，小正那个样子，我还是头一次看到。"

果然……他一定是望着悬挂在矿山上面的一轮圆月，"哇呜哇呜"狂吠不停……

"小孩子里面，小正是最像我的，是个很乖的孩子，人又稳重。说起来，我还老担心他作为一个小孩会不会有点太冷静了，他是个不太会受其他事物影响的孩子。"

"不是这样的。他看《明日之仗》[1] 时差点哭出来，翻看《平凡潘趣酒》[2] 时也一个劲吞口水。"虽然我在想要不要说，最后还是忍住了。

"可他现在也会用粗鲁的话跟老师对骂了，最近看着小正，总觉得像是跟我疏远了似的。"

我正想说，都高三了，还不跟妈疏远那才叫怪呢，最后还是忍住了，因为艾达玛他妈已是热泪盈眶。

"闭门思过之前，就经常听他说到你。听他说有个叫剑的。所以我想跟你聊聊。你是怎么想的呢？"

"怎么想的？您说的是想啥呀？"

1　日本漫画家高森朝雄的作品，以拳击运动为主题。
2　日本以男性为对象的杂志，1964 年创刊。

"嗯，首先就是考大学之类的吧。"

"我呢，是不太认同这种价值观的。如今日本的教育制度与其说是为了培养独立的社会人，还不如说都是为了选出能成为国家工具、资本家工具而制定的……"我啰里啰嗦说了一大堆。从全共斗运动、马克思主义、六零年安保教训、加缪的荒诞小说、自杀与性解放、纳粹主义、斯大林、天皇制度与宗教、学生上前线、披头士、虚无主义，一路说到附近理发店大叔的倦怠与颓废。

"你讲的几乎都是些我不能理解的事情。"

"没错，其实我也不理解。"这话我可不敢说。"代沟么，也不是什么可耻的事情。"我这么对艾达玛他妈说。长篇大论让我口干舌燥，对松永说，也只能赢得他的苦笑，没意思。跟自己爹娘说，又有点不好意思。一来他们给我吃给我喝，让我难以启齿，二来也有语言上的问题。比如关于加缪的《鼠疫》，若用方言来讨论，真要变笑话了。《鼠疫》这本书啊，可不只是说疾病。它是以一种隐喻的手法，象征着法西斯主义……如果用方言说的话，立刻会被拆穿是在卖弄。可要是跟朋友的妈说，就简单多了。因为她既没给我换过尿布，也不知道我因为跟小妹抢豆沙包而被打哭，更不知道我脚骨折被人背过的事。我大可以装模作样，畅所欲言。

"不过，你说的我多少也能明白些。战争时期，我也在弓张岳山顶的高射炮部队做过事务性的工作，所以也看到过因空袭而丧命的士兵们。你和小正都是因为不想生活在那种世界才会做出那些事的吧？"

"不是，就只是想引起女生的注意而已。"这话我也不敢说。

"其实啊，小正最近稍微稳定些了。同学们也来看他，哎呀，其实是不允许的，不过松永老师也都睁一只眼闭一只眼的。昨天也是，两个漂亮姑娘，说是从海滨浴场回家顺道来的。"

啊？我抬起头。

"漂亮姑娘？是高中生么？"

"嗯，不过不是一个班的，记得一个叫松井，非常可爱的姑娘。另一个叫佐藤，那个头是挺高……"

我大脑充血，之后的话一概听不进去。简小姐和安·玛格丽特居然去艾达玛家玩。如此集智慧、勇气于一身的美丽的大都市女孩有什么必要去探望大方言家艾达玛呢？就算你是我最最喜欢的公主，也不该抛下借你《廉价刺激》的王子，做出那么越轨的事啊！从海滨浴场回家顺道？不会是穿着泳衣去的吧？一定是肩膀上还留着泳衣的白痕、身上散发着防晒霜的气味，在除了煤渣山别无他物的超超超超超级乡下，吃着刚从农田里摘下、又经过附近小河水冰镇过的西瓜吧。那我算什么？陪他妈闲聊的角儿？高射炮部队的事务算哪门子事啊？有这种不讲道理的事吗？就像莫尔索[1]说之所以射杀阿拉伯人都怪太阳似的，不过我现在也有想要成为加缪的这种心情。

太荒诞了。

怒火中烧，我给艾达玛打了电话。

"哦，是剑呐，今天俺娘上你家啦?"

什么啊? 这家伙不是全都知道嘛!

"对不住啦，她现在还在不?"

"没，刚走。"

"那你爹娘咧?"

"他们都是老师。"

"哦，那就是说屋里头就你俩?"

"我可是麦茶也端了，蛋糕卷也上啦。"

"你不会是……"

"咋啦?"

"你没干亲嘴之类的事吧?"

"你白痴啊!"

"对不起，玩笑玩笑。不是啦，今天俺娘跟俺问了你家住址。

---

1 加缪作品《局外人》中的人物。

俺还在想可千万别去你家咧，没想到她还是去了。都说了些啥呢？"

我说不出话来。既生气，又不想自尊心受到伤害。到底该如何问起简小姐的事呢？对于被抛弃的男人来说，形势绝对是不利的。

"你跟俺娘都说了啥？不会说的净是俺的坏话吧？"

"没有。其实，艾达玛，你别生气哦。"

"啊？"

"可别大惊小怪哦。"

"啥呀？"

"算了，还是不说了。"

"干啥子嘛？说嘛。"

"这事儿，就算撕破我嘴皮子，我也不说。"

"跟俺有关？"

"那不是废话吗？"

"求你了，说吧。"

"艾达玛，听了之后你能保持冷静吗？你得跟我保证。"

"行啦，说呗。"

"你爸妈商量了，好像不想让你读高中了，直接去工作。你们在冈山有亲戚对吗？"

"嗯，有的。"

"好像是要你去那边的果园当工人吧，下礼拜开始，你就要在桃子堆里过日子了。"

"咋回事咧？这牛吹的也太忒糟了。"

"是吗？"

"剑，你唯一的长处不就是吹牛么，瞧这牛吹的。"

"真过分。"

"玩笑啦，哦，对了。"

艾达玛意味深长地笑了笑。冷静男这种叫人不太习惯的笑声真让人恶心。

"松井和佐藤昨天来俺家玩了。"

"你说啥？"

我故作惊讶。

"说是从歌之浦游泳回来顺道。"

歌之浦是艾达玛他们小镇附近的海滨浴场。

"噢？是么？"

我故作冷静。

"哎呀，俺最不擅长应付那种事咧，忒糟。"

"啥事？"

"收到一封信呗，算是封信吧。真是愁死俺咧。"

"信，是**情书**吗?"

"不是不是，实在是……"

"是情书吧?"

"大概是吧，是用比较老式的文体写的，说什么能够与你交往什么的。俺还是比较喜欢兰波的说话方式。"

我眼前发黑。

"噢，松井还问了你家地址，俺告诉她咧，行不?"

"松井那种人已经无可救药了。那种女人既没知识又无教养，还不知道感恩。"

"是吗?"

"是啊，没见过那么过分的女人，好心送她《廉价刺激》当礼物，连感谢信也没一封。我老爸可是会一封一封写给那些中元节送礼来的人哦。"

"啥礼物? 那唱片不是江崎的么?"

"我不管。"

"俺倒觉得松井既优雅又招人喜欢，而且应该不会写佐藤那种老式的信吧。"

"啊?"

"虽说佐藤很有魅力，不过应该是松井脑子比较聪明吧。"

"艾达玛，情书是佐藤给你的?"

"是啊。"

突然，我大脑深处亮起了一盏灯。而且是一盏射出百万支光的灯。

"没错。松井根本不是人，而是天使。只是借用了人类的外形，她是老天送给我的天使。"

"真搞不懂你这人的性情，快点写剧本吧。"说着，艾达玛就把电话挂了。

那天傍晚，收到一束花。

哇，好漂亮，是送给哥哥吗？跟电影里一样耶。小妹拍手叫好。我牵着小妹的手，唱着《玛丽有只小绵羊》在屋里转圈。

玫瑰花束中还夹着封短信。

希望这七朵红玫瑰，可以多少化解一些你心中的烦恼……

简上

小妹帮我把花插到玻璃瓶里，我看着放在桌上的花度过了一整晚。我想，加缪搞错了。

人生并非是荒诞的。

而是如同这玫瑰一样，绚丽多彩。

我用了两天完成了电影剧本，片名为《致偶人娃娃和高中男生的练习曲》，因为当时流行起长题目。这是我熬了个通宵完成的。听老爸说，那是我三岁时的事，老爸带我去游泳池，但因为之前差点淹死在海里，我恐水不敢下池。无论怎么叫骂哄骗，或是用树枝打、用冰淇淋诱惑，我还是一个劲哭叫着不肯下去。后来出现了一个跟我年纪差不多大的可爱女孩，她在游泳池里叫我。听说我迟疑了一下，最终还是为了这个女孩跳进了水里。

完成电影剧本后，几乎没睡，又开始着手写话剧剧本。花了三天，完成了名为《拒绝与反抗的对岸》的剧本。登场人物只有两人，离了婚的姐姐和落榜的弟弟。

"话剧？那谁来演咧？"

艾达玛这样问。

"我啊我啊，我和松井。"

"松井我知道，可是剑，你能演话剧吗？"

"小学时，我演过三只小猪里面的二哥。所以这次的演出当然是我来。"

"不会有《毛发》[1] 里那种裸露镜头吧？"

"怎么可能？你脑子进水啦？"

---

1 *Hair*，百老汇经典音乐剧，初演于 1967 年，以越南战争为背景，反映了美国年轻嬉皮士的反战情绪以及对美国社会的批判。

“我看你一定会擅自加上**接吻场面**，如果有的话，一定会引起松井的反感哦。”

我急忙把吻戏给删了。

简小姐送来的玫瑰枯萎了，正当我把这些干了的花瓣郑重其事地收进抽屉时，松永笑嘻嘻地来了。“太好了！”他说。

“思过处分解除了。”

那是接受处分后的第一百一十九天。

相隔一百一十九天再次回到座位上听课，无论是校门、前庭还是教室，都没有让我觉得有所怀念。跟接受处分前一样，依然有种疏远感。

只有班主任松永除外，其他老师看我和艾达玛的眼光，就像看大逆不道的不肖子一样。我们既不是英雄，也不是坏蛋，不过是多余的人而已。

英文语法课上，小个子男老师龇牙咧嘴读着例句。发音真是蹩脚，真不敢相信这是在念英文。这种发音只适合在小地方的高中教室里，假如在伦敦这么念，别人可能以为是在念东洋咒语。我正想着，发现艾达玛朝我这边看着，似乎很无聊。艾达玛转移视线，我也跟随他的目光看去，一队小学生正走在窗外的道路上，大概是去秋游。北高对面的陡坡那边，有座树木茂密的小山，还有公园和儿童文化馆。他们会在那里玩丢手帕和野餐吧，真叫人羡慕。

小学时，感冒在家休息上三天，就会非常想念同学和教室。可如今缺席一百一十九天，我对这个教室依然毫无怀念之情，因为这里是个筛选场。无论狗、猪，还是牛，小的时候总能尽情玩耍（北京料理中要被拿来整只烤的乳猪除外），即将成年之前，就要被分类筛选。高中生也是如此，高中生就是变成**家畜**的第一步。

"剑，成岛大泷说，大伙集合一下。"

课间休息时，艾达玛坐在我课桌上这么说。

"集合？做啥？"

不晓得，艾达玛摇摇头。

"集合起来也没什么好说的。"

我说着噘起嘴来。

"剑，你已经准备不干啦？"

"不干？不干啥？"

"嗯，政治活动呗。"

---

1 意大利女歌手葛兰奎蒂（1947— ）的代表作。

"你认为我们干的是政治活动?"

艾达玛哼哼两声笑了笑。难道校园封锁是政治活动?虽然我不清楚,但可以肯定那是一个祭奠。企业号航空母舰也是一样,也是祭奠,虽然流了血,但只要是祭奠就会有流血。和口号声相比,幽灵式轰炸机的声音可响多了。游行,难道那就是表达意见了吗?如果真的冲破佐世保桥,扔掉旗子,拿起枪支和弹药就好啦。正当我跟艾达玛说着诸如此类的话时,耳边突然传来天使的声音。

"矢崎同学。"

松井和子站在教室门口。看到她那张脸,我的脑袋立刻变成一片空白。

"你来一下。"

天使在向我招手,天使让世间变得光明。天使一降临,我们的教室变得一片安静。七名原本埋头于旺文社单词册的女生,带着嫉妒的眼神抬起头。正逐步向家畜演变的男生们,好像被什么神灵点拨了似的低下头。甚至还有人啪嗒一声将手里的旺文社的《图解式数学Ⅲ》丢落在地,双腿下跪,紧握双手向天使祈求……虽然这是瞎编的,不过我的脸因为太得意而变得通红。"看啊看啊,就是这位美女送我玫瑰的哦。"我压抑着想要大声叫喊的心情朝天使跑去。

"是这样的,我想还你詹尼斯·乔普林。"

天使简小姐旁边站着妖妇安·玛格丽特。安·玛格丽特朝艾达玛投去热情的眼神。

"你能重回学校,真是太好了。"

天使跟我这么一说,我的心情就如同出狱后遇到情妇来访的**阿兰·德龙**。

"嗯,唱片什么时候还都行啊。"

"啊,我的唱片。"教室一角,《廉价刺激》的主人江崎高声叫道,天使听闻此声,脸色有点尴尬。我打算等一下再去修理修理江崎。

"那个叫江崎的家里是开美发厅的,因为太过用功,脑子已经坏掉了,大概马上就要进精神病院了。"

简小姐听我说后,露出一脸的莫名,之后又笑了,笑声如同用萨拉森帝国宝藏中的纯金和翡翠做成的铃铛发出的世界上最美的声音。

"对了,谢谢你啊。"

我谢她送我玫瑰。

"这种事对我来说还是第一次。"

"嗯?"

"我是说,第一次收到玫瑰花。"

"哎呀，真叫人难为情，别说了，我也是第一次啊。"

第一次……这么说还是**处女**咯，高兴。接着我又跟她说了文艺盛典，还请她出演电影和话剧。正在这时，上课铃响了，天使表示这些事情可以等放学后慢慢详谈，约好一家咖啡店后就离开了。我则哼着葛兰奎蒂的一首经典名曲《梦见想梦的》，拍了拍艾达玛的肩。

"你乐啥？咋跟成岛大泷他们说？"

"说啥？"

"刚刚的事啊，你不正想说政治就只有搞恐怖活动了吗？"

"恐怖活动？不是恐怖活动啦，松井还是处女呢，送玫瑰这种事她可是第一次干哦。"

"神经。"

艾达玛露出他一贯的愣乎乎的表情。

午休时分，成岛他们正在辩论部等我们，去的路上我再次遇到了天使，从天使那儿得到一个坏消息。

"矢崎同学，不好意思，放学后要练习团体操，不能跟你碰面了。"

团体操，大概再没有比这更让人厌恶的字眼了。

"还有，男生啊，好像要大扫除哦，打扫综合体育场……"

谁也没有权利因为团体操和大扫除而破坏我和天使的约会。

我气得浑身发抖，走进辩论部。

"矢崎你怎么想？你看，自从我们搞了校园封锁之后，已经受到各地大学的瞩目，长崎大学的反帝学评[1] 已经正式提出共同斗争，要进行下一次粉碎毕业典礼的斗争了。"

毫无兴趣。对这种事我已经毫无兴趣。成岛、大泷和增垣那几个二年级的，他们真的在认真考虑这种事吗？我已经不想再看到成岛和大泷了。"混账！"我想丢下这句话就破门而出，不过领导校园封锁的人是我，将大伙拖下了水，对此我感到深深的自责……这纯属瞎编，事实上能收到天使的玫瑰花，可以说还是拜校园封锁所赐，所以我冷静地用一口标准口音说道：

"我，已经不准备干了。我是说真的，你们听好了，靠木棍和安全帽干不了什么，长崎大学也好，九大也好，跟哪边联手都一样。我可不是在反省之前的行为哦，那次真是太棒了。听好了，之前不也说过吗？在这种乡下学校，要不是以游击战的形式，我们一定很快就会被击溃。同样的方法再来一次是没有用的，首先，说是粉碎毕业典礼，可经过那次闭门思过的处分，能不能毕业还

1　全称是"全国反帝学生评议会联合"。

不知道呢。"

"毕业典礼根本就是帝国主义国家的一种权威仪式。"成岛现买现卖，发表起长篇大论。正说着，教导主任和两个体育老师探头往屋里张望。

"好啊，你们在干什么?"

成岛和大泷很是慌张。一脸"怎么被发现的?"表情。被发现是一定的，因为今天是解除处分的第一天，校方定是有所警戒，一直在监视着我们。

"集会可是禁止的哦。"

教导主任低沉沙哑的声音在屋里回响。

"不是啦，不是集会。是这样的，今天刚回学校，作为闭门思过的过来人，我们想开一个反省会。返回学校后，为了让接下来的学习生活顺利进行而开的反省会。大家说是吧?"

我说着，还像电视上《中学生日记》[1]里所演的那样笑了。但其他人都没吭声，只有艾达玛用手捂着嘴偷笑。

碰头会被勒令解散，我被叫到办公室。罚跪在教导主任面前，四周还围了十几个老师。我被倒吊在天花板上，头浸在水里，脸

---

1 日本 NHK 电视台 1962 年开播的电视连续剧。

上挨了竹刀打，背上被烧红的火钳烫，大腿又被燃烧器灼伤……这都是乱讲的。其实我是被老师那穿着拖鞋的脚踹着，听着又臭又长的说教。

"你自己觉得自己是垃圾就算了，别拉其他学生下水。耳朵竖起来听好了，要是对北高有啥不满，好啊，尽管转校好了。十几天前，我碰到高你好几届的同学，他们都说要宰了你这个给北高抹黑的家伙。"

上课铃响了。"请让我回教室。"我说。

"我付了学费，有听课的权利，所以请让我回教室。"

就像老爸教的那样，我目不斜视地正对着他们说。旁边飞来一记耳光，是体育老师川崎。倒不是因为疼，只是觉得为什么非要挨这种人打呢？因而窝火得想哭，可是——哭就什么都完了。让比自己强势的人看到自己流泪，就什么都完了。因为这与自己的意愿无关，但看起来像是哀求。

就在这个时候。

突然，钟声响起，校内广播开始了。

"三年级同学请注意，马上要讨论今天的团体操以及综合体育场大扫除等相关事宜，请大家到中庭集合。重复一次，马上要……"

相原和川崎想离开去制止广播，却在办公室门口被艾达玛和岩濑带领的几十名学生堵住了去路。

"怎么着，想造反？"川崎额头上暴着青筋狂吼道。

"还我们矢崎。"

艾达玛说。

"矢崎没有错。"

艾达玛背后站着岩濑、乐队成员、城串和他的同伙，还有橄榄球队、报社、田径队以及篮球队的人，以及我们班上的七八名学生，都是艾达玛拉来的。播报广播的大概是他们当中哪个声音不太容易被认出的人。

中庭开始聚集起学生。当然不是三年级全体成员，那些校园封锁后拼命擦掉标语的家伙们自然不可能包括在内。艾达玛脑子聪明，人又冷静，堵在办公室门口的学生群中并无成岛和大泷的身影。他们两人从来就是差生，体育也差，是毫不起眼的学生，因此并不受欢迎。若再和他们牵扯在一块，反而可能失去其他学生的支持，也许艾达玛是出于这种考量吧。在这一点上，城串就不用说了，橄榄球队的长濑、篮球队里人称安东尼·柏金斯的田原，还有乐队的贝斯手阿福，他们都有着广大支持者。受欢迎的人总是活在云里雾里，对打扫综合体育场之类不愉快的事必持反对态度。

中庭骚动起来。"回到教室去。"开始听到老师的怒吼。我在大约三分之一的三年级学生，也就是三百来人里看到简小姐的身影之后，立刻站起来。一直被迫跪坐的缘故，我摇摇晃晃地起来，朝艾达玛他们走去。教导主任好像说了什么，但我并没有回头。

艾达玛迎过来同我握手。"好，开始集会，开始集会。"大家边异口同声地说，边浩浩荡荡朝中庭进军。

"剑，等一下。"

艾达玛拉住我小声说。

"接下来打算咋样？"

艾达玛并没有考虑下一步，他是个优秀的实务派，但想象力好像还比较有限。

"打算咋样……你什么都没决定吗？"

"嗯，俺想只要先召集人马就完事咧。"

"要是我来发表演讲的话……"

"那就能成**英雄**哦。"

"笨蛋，会被退学吧，等一下，我去趟校长室。你跟大伙说，我去校长室跟他交涉一下。"

"然后再咋办咧？"

"嗯，先等着呗。对了，把学生会会长久浦给我叫来。"

我一个人朝校长室走去。

"校长先生，我是矢崎，可以进来吗？我是一个人来的。"

虽说是集会，但大家都是觉得好玩才聚集在一起。时间一长就会因为厌烦而听老师摆布，一定要在大家不耐烦之前有个了断。这种学校，真想一把火把它给烧了，不过任谁都不会做出这种过于激烈的事。无论如何我也不想再闭门思过或是退学。我对校长这么说。

"请中止团体操和大扫除，这样集会就会立即解散，我来负责让他们解散。如果不中止的话，学生们会做出什么事情来，我可就不知道了。这事与我无关，也不是谁带头的，是大家自发聚集在一起的。"

"我会跟其他老师商量，请你立刻回教室去。"校长这么说。

出了校长室，我抓住学生会会长久浦，并跟他说。

"太好了，刚才校长说中止今天的团体操和综合体育场的大扫除。快去跟大伙说去，你也希望集会快点解散对不？"

想竞选升任学校学生会会长的家伙都是些想出风头的笨蛋，久浦也是如此。这个出身偏僻的海边果园、只为受欢迎而出任学生会会长职务的丑男久浦，就这样轻易地被骗了。他连半点判断力也没有，这也是没办法的事。

照我说的那样，丑男拿着话筒在中庭里向学生们传达。学生们大声欢呼，说着集会太好了，返回了教室。

和天使的约会还是没能成事。虽然综合体育场的大扫除中止了，但和其他学校一起练习的团体操照样如期进行。

不过我们的胜利还是不容置疑的。从那以后，我几乎没再挨过老师的骂。逃课也好，迟到早退也好，没人说我什么。艾达玛也是如此。只要不让其他学生卷进来，老师们都会睁一眼闭一眼，就像已经决定尽快让我们毕业了一样。

不过，唯有班主任松永不同。

"矢崎，你这家伙，我真拿你没办法。无论什么样的社会吧，你都无法忍受吧？真不知道今后你将如何生存下去。"

说完，又加了一句：

"不过，我也觉得，你是那种怎么压也压不死的人。"

"岩矢山" 是我们这个文艺盛典举办团队的名称。我取岩濑的岩、矢崎的矢、山田的山这三个字组成。

文艺盛典的名字也已经定好。

"Morning Erection Festival"，清晨勃发盛典。

天使简小姐和妖妇安·玛格丽特也都爽快地答应来帮我们。

我们玫瑰色的日子开始了。

魏斯・蒙哥马利
（Wes Montgomery）[1]

让天使简小姐和妖妇安・玛格丽特协助参与制作电影、彩排话剧，让纯和人称克劳迪亚・卡汀娜的长山美惠身穿长袍主持开幕典礼，向最喜欢真空管的山手学园和光化女校以及旭高的女生号称"这是佐世保有史以来的第一次摇滚盛典"，并借此推销门票。老师们无视这一切，但花束、毛绒玩具、巧克力、附上照片的履历书，以及类似"愿意献上我的身心，如果你不嫌弃这被真空管伤过的身体"的信件，还有现金、支票以及银行存折，每天都在我的课桌上堆成小山……虽说这都是虚构的，但我脸上的笑容始终没有消失过。只不过天生悲观务实派的艾达玛把我一颗飘悬在宇宙中的心牢牢固定在了现实的大地上。

在名叫"道"的咖啡厅里，我、艾达玛和岩濑边喝欧蕾咖啡，边等天使和妖妇出现。

"什么玩意儿，不就是普通的咖啡加上牛奶么？"

艾达玛无法理解欧蕾咖啡。我告诉他，兰波就是喝着这种咖啡加牛奶才写出了那部《地狱的季节》，无法理解这种味道的人是没有资格谈论艺术的。

"兰波？扯淡吧你，兰波可是喝苦艾酒写诗的。"

"啊？你咋知道？"

"一个叫小林秀雄的人在书里写的。"

艾达玛的阅读量与日俱增。他生性勤奋，只要是有兴趣的，就会扎扎实实地去学。以前骗他很容易，现在是越来越有难度了。前不久也是，他为看完了加缪的《鼠疫》、巴塔耶的《有罪者》，还有于斯曼的《逆流》而狂喜不已。"现在读这些，已经跟不上潮流啦。"我虽嘴上这么说，心里还是有些焦虑。当然，对于萨特全集、普鲁斯特的《追忆逝水年华》、乔伊斯的《尤利西斯》、中央公论社出版的世界文学全集、东欧文学全集、河出书房新社出版的世界大思想与密教全集、《爱经》、《资本论》、《战争与和平》、《神曲》、克尔凯郭尔[2]的《致死的疾病》、凯恩斯全集、卢卡奇全

---

1 魏斯·蒙哥马利（1923—1968），美国著名爵士吉他乐手。

2 索伦·克尔凯郭尔（1813—1855），丹麦宗教哲学心理学家、诗人，也是现代存在主义哲学创始人、后现代主义的先驱。

集以及谷崎全集的书名我全都熟知。不过我最喜欢的，甚至在对白旁画了红线的还是《明日之仗》《龙之道》《无用之介》，还有《天才白痴》[1]。

但这些焦虑丝毫没有影响我当下的心情。因为今天我跟天使及妖妇商量好电影和话剧之后，还要跟纯和的长山美惠在爵士咖啡厅沟通演出的事。还有谁能从如此春风得意的我的脸上夺走微笑呢？

"剑，会场的事咋办？"

为什么艾达玛总是那么现实呢？难道这小子就没有梦想或幻想吗？我想，他真是个可怜的家伙。也许是因为小时候的经历不同吧。说我是在阳光明媚的橘园和鳉鱼畅游的溪边，还有类似美军军官及家人跳华尔兹的洋房那种环境中长大的，那是吹牛。因为事实上那只是间有着四棵橘树、养着金鱼的消防水池，还有听得到美国大兵和邦邦女郎大声叫骂的房子。不过，那里可没有煤渣山。煤渣山是毫无半点浪漫，只是个在经济复苏的道路上勇猛冲刺的战后日本的象征而已。煤渣山孕育不出梦想。

"会场么，会场是要有的……"

"这不是废话嘛，别傻乐了，光是喝着咖啡加牛奶，傻乎乎地

---

1 以上四部作品均为日本杂志连载漫画。

乐呵，能办成盛典不？或者，你要借北高的体育馆?"

"不会借给我们的吧。"

"废话，还会被退学咧。"

"是么，那倒是个问题哦……"

"无论是文化宫还是市民中心，全都要申请许可证。把举办内容以书面形式提交，还要举办方的印章咧，剑，你，有印章不?"

"是么，真麻烦……"

"那门票咧？咋办?"

"分头去卖啊。"

"傻瓜，去啥子地方印刷咧？要是去市里的印刷厂，只要俺一去，他们会立马报告到学校。"

话说得没错。煤渣山培养出来的充满现实感的话语，把笑容从我脸上抹去。

"这样的话，门票我们用手写咋样?"

"用手写？写上一千张?"

"不行，手写行不通。"

手写或油印都不成。那只适用于生日宴请或养老院演艺会之类的活动。

"那咋办？难不成盛典就不搞了?"

艾达玛说完看着我，一副乐得要死的样子。

"印刷厂么，我哥在广岛大学，让校印刷厂帮忙，咋样？可不是油墨印刷和胶版印刷哦，是照相排版印刷。再说了，大学印刷厂价钱低，一半价钱就能搞定咧。然后会场么，基地入口处不是有劳动会馆么？那儿是供劳动人民集会派用场的地方，也没啥规定，再说只要一个代表人的印章，去借呗。席位也不是固定的，椅子都不需要。要是随地坐的话，一千人大概不行，但我估计八百来个人应该没啥问题。佐世保还没有能容纳上千人的会场吧，就算是市民中心，两层楼加起来也不过六百来个人。那舞台纵深有五米，就算放上鼓和扩音器还宽敞着咧，对不？左右各有六个照明，还有放映室，虽说八毫米用不到放映室，黑幕总有的吧？要是太亮，图像会发白，现在不是有现成的么？只要三分钟就能制造出剑最喜欢的黑暗效果。对了，至于代表人么，篮球队的前辈中有个傻不啦叽的家伙，我已经拜托他了，印章就去买个差一点的，只要向他借用姓名和住址不就结了？只要别暴露我们是主办人不就行了？咋样啊？"

艾达玛看着记事簿，一口气说完。

"你是个天才。欧蕾咖啡就是牛奶加咖啡，煤渣山真是日本的荣耀。"

我双手一合，给艾达玛拜了一拜。"别净说傻话，明天前要决定好门票的设计方案。"艾达玛冷静地说。

"那听你们两个这么说来，那部戏的登场人物就两人咯？"

天使简小姐坐在我身旁，一边毫无声响地吮吸着被誉为贵族饮品的奶茶，一边问道。安·玛格丽特坐在艾达玛旁边，好像硬把岩濑挤到一边去紧挨着艾达玛，岩濑只能坐到隔壁一桌。天使的大腿时不时隔着她的裙子碰触到我的大腿。每碰一次，咖啡店"道"的沙发就会变成电椅。电流冲到我头顶，头发竖起，胸口难受，股间发疼，口干舌燥，手心冒汗，完全注意不到岩濑一脸落寞的表情。

"对，就俩人，姐弟俩。"

说着，艾达玛意味深长地笑了。这笑就像在说人家已经看出来安排两人单独排练的目的，是为了能进一步发展关系。

"这样啊，我呢，觉得还是由美来演比较适合……"

正往嘴边送的玻璃杯差点没掉下地。

"别别别，还是松井同学演吧，这个，我演不了。"

"由美，刚刚来的路上不是已经决定了么？矢崎同学，去年的话剧节，你晓得吧？虽然由美是二年级的，但凭鲍西亚[1]这一角色获得了评审委员大奖哦。"

"没有啦，怪难为情的呢。"妖妇安·玛格丽特用手捂着嘴往

1　莎士比亚戏剧《威尼斯商人》中的人物，是一个活泼优雅、足智多谋的女性形象。

后仰，眼看就要靠到艾达玛身上，衬衣里面两个看上去又大又软的乳房摇晃着。

"啊，我也看到了，确实在PTA报纸上刊登过。对了，剑哥，我们不是还去采访过佐藤同学吗？"

岩濑这么一说，我感到快乐电椅变成了潮湿马桶。真想大骂岩濑让他给我闭嘴，可又怕这样做会招来厌恶，只好咬着杯口忍下来。艾达玛继续低头发笑。

"教室是不能用的，就到我们一直去的教会排练好了。"大胸部的基督教徒鲍西亚开心地说，而我一边赔着笑脸，一边拼命考虑如何在剧本里加入一场性感姐姐沐浴的镜头。不仅如此，我还设想是否能加入一个深爱着弟弟的恋人角色，不过立刻察觉这行不通，我无力地垂下脑袋。因为五分钟前我还没完没了地反复强调登场人物只有两人，而且有血缘关系，还说这是一个体裁如何新颖，线条如何清晰的富有革命性的剧本。

"那就请多多指教咯。"鲍西亚说。

"哪里，该说这话的是我才对。"我小声回答。

佐世保桥曾经是企业号战斗的主战场，桥的另一边是广阔的美军基地。与桥相连的一排悬铃木沿道上有一间名叫"四拍子"的爵士俱乐部。从高一那年夏天起，我和岩濑就喜欢上了这家基地旁的爵士俱乐部。店里弥漫着黑人的味道，我们管这叫做布鲁斯味道，因为这味道已经渗入吧台、沙发和烟灰缸里。在那里，有时夜晚会有左肩刺着人鱼图案的海员吹小号，听上去还真像查特·贝克[1]。黑人巡警巡逻之后，大家还会跟着唱片一起唱《圣詹姆士诊疗所》[2]；还有头发染成金色红色褐色的洋人酒吧的陪酒女，散发着廉价的香水味，打闹拥抱成一团。足立老板对我们在那儿泡上五小时才点一杯可乐也没有任何怨言，他经常因为醉酒、嗑药或注射麻药而神志不清，严重的时候必哭无疑。"他妈的，为啥我生下来不是黑人呢？"他就是这样边感叹边哭叫的。

我想那是和长山美惠碰头的最佳场所。向天使和妖妇谎称接下来只是主办者之间的会议，便把她们先打发回去了。倒不是故意撒谎，只是觉得跟其他学校的美女约会，良心上有点对不起简小姐……这是胡说的。那是因为艾达玛认为要是我同时面对三个美女，头脑一定会失去冷静，胡说八道一通。

"等人啊？"

吧台那边传来足立老板的声音。

"看剑一副坐立不安的样子，八成是等女生吧？"

艾达玛点点头。

1　查特·贝克（1929—1988），美国著名爵士小号手。
2　*St. James Infirmary*，美国传统布鲁斯歌曲。

"足立老板，是纯和第一大美女哦。"

听我这么一说，老板毫无兴趣地哼哼笑了两声，被酒精和麻药弄浑的黄色眼睛朝墙上贴着的查尔斯·明格斯[1] 的海报看去。足立对女人毫无兴趣，不晓得什么时候听他说过，因为过度酗酒和嗑药，他已丧失男性功能。

"噢，对了，想请教一下老板，要是女生来的话，背景音乐放啥比较好咧？斯坦·盖茨或者赫尔比·曼那种轻快一点的比较好？"

我问。足立点点头。

"啊，有好东西哦。刚进了魏斯·蒙哥马利的新唱片，还配了弦乐，很有情调哦。"

"哇，太棒了。"我欣喜若狂，不过足立并非那么单纯的善类。不能相信这么一个哭着哀叹自己不是黑人的怪胎，这也是从那时才知道的。长山美惠身穿红色绸缎上衣，下着黑色紧身牛仔裤，脚踏银色凉鞋，耳戴 18K 金耳环，擦着粉红色指甲油……当她以这么极具挑逗的着装出现在我们眼前时，足立不怀好意地笑着播放起约翰·柯川的《耶稣升天》。听到约翰·基凯和马里恩·布朗屠宰场里杀猪似的中音萨克斯合奏时，长山美惠那细长的眼角已经上挑到了极限。

---

1 查尔斯·明格斯（1922—1979），美国爵士贝斯乐手、作曲家、乐队领队，因反对种族主义而闻名。

回到咖啡厅"道",我一边劝说长山美惠参加演出,一边诅咒像足立这种极端恶劣的人最好是在毒瘾发作的状况下摔在路上,再被卡车辗死才好。

"文艺盛典是什么?"

长山美惠擦着粉红指甲油的手指夹起一根 hi-lite DELUXE,噘起涂着橘色口红的双唇将烟雾吐出。这时我才知道,这种仿佛拥有某种魔力的女人的双唇,就算是兰波的诗、吉米·亨德里克斯的吉他、戈达尔的剪接手法,都无法与之抗衡。我想,要是能把这种嘴唇占为己有,而且可以任意使用,那该多好。即便要吃下煤炭,所有男人也都会照办吧,弄不好还打算吃下一座煤渣山给她看看呢。我满怀着准备吃下一座煤渣山的热情,跟她解释了何为文艺盛典。

"我,可没什么演技哦。"

长山美惠嘎啦嘎啦咬着玻璃杯里的冰块。

"哦不,这并不需要什么演技。"

我用标准口音说道。

"是这样的,长山同学你呢,只是个代表。"

"代表?"

"嗯,刚刚不也说了么?是在佐世保聚集上千名进步高中生的盛典啊。不让老师插手,只靠我们自己的力量。虽说在东京、大

152

阪、京都经常有，不过只有高中生参与的类似活动绝对是没有的。弄不好连纽约、巴黎也不曾有过，反正就是这么件了不起的事。"

"巴黎？"

"是啊，这种事连巴黎的高中生也搞不来哦。"

"我很喜欢巴黎啊。"

"所以啊，所以我想如此壮观的文艺盛典的开幕式，应该选佐世保最美丽的女高中生来出演才行。"

听我这么一说，长山美惠吃惊地看着我，连烟雾都几乎忘了往外吐。

"你是说我？"

"对啊。"

"最美丽？"

"对啊。"

"谁定的？"

"北高学生会全员一致认定的。"

长山美惠来回看了我和艾达玛几眼，最后终于以比咖啡厅"道"播放的《未完成交响曲》[1] 声势更大的音量笑了出来。长山美惠用手指着我："这人脑子一定不正常哦。"艾达玛一起笑着附

---

1 一般指《b小调第八交响曲》，由奥地利音乐家舒伯特创作于 1822 年，但直到 43 年后乐谱才被发现并首次公演。

和，一连说了三遍："没错，他是不正常。"连岩濑也笑起来。虽然我有点火大，但无奈之下只能赔笑，笑声一直持续到《未完成交响曲》的第一乐章终了为止。

"你们可真逗啊。"

笑完之后，眼角还残留着眼泪的长山美惠说。

"好吧，我同意了。"

虽说主角有所变动，但智慧与美貌兼备的北高英语话剧团的首席以及第二女主角也加入了演出，拥有广大狂热软派支持者的私立教会女高的性感皇后——长山美惠也爽快答应开幕典礼的演出。场地方面，傻不啦叽的复读生学长以两张门票的廉价条件同意担任借用劳动会馆的保证人，而且精美的门票也用广岛大学教育系系内的照相排版和印刷机打印完成。

我反复看着那门票，怎么都看不厌。

日期：十一月二十三日（劳动感谢日）

下午二点——晚上九点

场地：佐世保市劳动会馆

主办单位：岩矢山

摇滚乐、独立电影、话剧、宴会、诗朗诵、即兴演出……将会发生什么呢，让我们怀着一颗兴奋与战栗的心……

"Morning Erection Festival 清晨勃发盛典"用粗体字写着，还加上了涂着口红的女人和如同火山爆发般勃起的男性性器官的图画。门票每张两百日元，已经通过原北高全共斗"跋折罗团"、报社、英语剧团、大部分体育队、城串裕二的不良团伙、摇滚乐队还有学长们，不单在北高校内发售，还传售到了其他各大高校。现金每天都朝"岩矢山"滚来，有一种置身于世界中心的感觉。

可是，就像洛克菲勒和卡内基遭受广大贫困民众的憎恨一样，我也被外校的不良团伙瞄上了。

齐柏林飞艇（Led Zeppelin）[1]

走在西式酒吧一条街上，我心潮澎湃。我知道有个场所对人类来讲是必不可少的。"黑玫瑰"位于一个公园对面，一到傍晚，那里就有同性恋出没，那所公园也因此闻名。入口处悬挂着双层天鹅绒黑布，营造夜晚气氛，下午很早就开始营业。水手们偶尔会突然上陆，所以有时上午就能听到里面传出娇声。

我带着艾达玛从"黑玫瑰"的后门进了店里。裸露着上半身的店长和领结垂挂在脖子上的服务生正在掷骰子。

"打扰了，我们是乐队的。"

我们说着，走过休息室。

"你们是，北高的？"

店长抬起头。肩上有个樱花文身，单色的那种。

"没错，我们是北高的。"

我答道。打一进店起，艾达玛就锁住了眉头，他不太适应这种环境。

"筱山老师还在么？"

筱山是体育老师，战时是宪兵队的。他五十出头，现在变得温顺了些，听说以前还用木刀劈开过学生的头。老爸常说，战争刚结束那会儿，时局混乱，男人又不够，所以很多狗屁不如的家伙都成了教育工作者。筱山就是这号人。

我朝店长点点头。"是吗，还健壮着吧，那代我向他问声好。"说完，店长又朝着大碗掷起他的骰子。"哼，真没种。"我对着单色刺青小声嘀咕，心想，刺青都不敢加颜色，这种男人最差劲。他跟筱山一定有什么过节，弄得不好还被木刀劈开过头，不过这些事大概会引发他的怀旧情绪。每次看到店长这种人，我都会想"难怪日本会战败"，同时也看清了他们的卑劣品行。

压根儿就没有自尊心。

进到里面，艾达玛的脸更是皱成一团。店里充满美国味，这是艾达玛讨厌的。虽说是美国味，但其实美国并没有这种味道。不过，在基地城市的外国人情妇家、混血儿的毛发间、基地的小

---

1 齐柏林飞艇，英国著名重金属乐队，活跃于 1968 年至 1980 年间，是世界上最流行的摇滚乐队之一。

卖部中，这种味道也无处不在。那是脂肪的味道，我并不讨厌，因为有一种营养充足的感觉。

"空棘鱼"没用鼓，演奏了首斯史宾瑟·戴维斯乐队的《给我一点爱》。贝斯手阿福担任主唱，吉他手健治和键盘手白井一副模仿迈克·布卢姆菲尔德和艾尔·库珀的架势，闭眼睛甩头，吐着舌头演奏。白井从头到尾只知道三种和弦而已，不过，在这年代，只知道三种和弦就能成为摇滚乐手。

喊到名字后，我上了台，艾达玛依然紧锁眉头地在吧台边坐下，旁边的陪酒女们只穿了一件长衬裙，正在那儿吸着拉面。

阿福冲我抬了抬下巴，示意让我打鼓。阿福的歌词太扯了，一忘词就反复唱 Don't you know，don't you know，don't you know。这年代只要会大喊 Don't you know，谁都能当摇滚歌手。

客人只有一个，是个十几岁的水兵。他只要牵条柯利牧羊犬，再大喊一声**"莱西!"**，就能变成个活脱脱的蒂米[1]。只见他一手拿着啤酒瓶仰头狂饮，一手从陪酒女旗袍的开衩处拼命往里钻。"Fruits，OK？Fruits，OK？"听年近花甲的陪酒女这么一问，还完全搞不清状况的蒂米就爽快地点头说"Sure"。终于，又是老一套。罐装菠萝、橘子、白桃上加上不新鲜的荷兰芹装在铝盘中端

---

1 指 1963 年上映的美国电影《莱西大冒险》（*Lassie's Great Adventure*）中的人物。

上来。蒂米一看价格，大为吃惊，敲破啤酒瓶，店长立马叫来巡警，可怜的蒂米被搜刮一空后坐上吉普车被带回基地。

即便如此，"空棘鱼"仍在继续叫喊"Don't you know, don't you know"。

"说了吗?"我问。

明明一个客人都没有，阿福仍然对着话筒不断说"Thank you, thank you"。"清晨勃发"要用的扩音器和麦克风打算跟这里借，所以"空棘鱼"才答应破例在这儿演出下午场，即使报酬少得可怜，只有拉面和饺子。

"还没跟店长说。"

阿福摇摇头。

艾达玛正遭受着并排坐在吧台前的陪酒女的调戏。

"你是北高的学生?"

"小伙子还真不赖。"

"我们请客，喝点啤酒吧。"

"有女朋友了吧?"

"一定有，长那么帅。"

"亲嘴总亲过了吧?"

"要是不戴套套，可要搞出娃娃的哦。"

"饿了吧?"

"分你一半拉面。"

"还是要来点关东煮?"

对于这些来自各地、染了头发、被美国味熏透的七老八十的女人们来说，艾达玛一定看起来头戴光环吧。要是艾达玛创立一个新兴教派，她们一定全体加入。这些默默支撑日本战后经济的陪酒女们的美丽而又辛酸的人生，不是在煤渣山后面清澈的溪河里抓着鳑鱼长大的艾达玛所能理解的。满是皱纹的手一放到他大腿上，他立刻起鸡皮疙瘩。

"那个，十一月二十三日是勤劳感谢日，能跟店长说说那天把扩音器借给我们用一下吗?"

我拜托三名陪酒女。

"这位山田同学，人称北高的阿兰·德龙哦，要是你们肯帮忙跟店长说的话，把他借给你们两三天也没问题啊。"

听我这么一说，艾达玛当真发火了。

"和阿兰·德龙比起来，我觉得更像加里·库珀哦。"

"借给我们是啥意思啊?"

"可以跟他约会?"

"我想把他介绍给我女儿，要是有这么帅的北高男生做男朋友，总该和黑人大兵分手了吧。都打了五次胎了，真担心她的身体啊。"

艾达玛冲出"黑玫瑰",我对阿福说了声:"那,扩音器的事就拜托你了。"随后,追着艾达玛跑了出去。

"真不守信用,你就是个光想自个儿的利己主义者。要把俺借给那些老太婆?借算啥?要再这么胡说八道的话,俺可真跟你急。"

尽管我道了十三次歉,可艾达玛就是怎么也不肯原谅我。

"别生气嘛,不就是开开玩笑嘛?"

"不,才不是开玩笑咧。你为了达到自个儿的目的啥都做得出来,俺太清楚了。"

"可是艾达玛,弄不好就是因为有我这种人,人类才得以进化的哦。"

"少糊弄我。"

没错,艾达玛太了解我了,糊弄他是越来越难。

"你看,那些陪酒女为了渡过战后的混乱期,把身体都给卖了,还不是为了咱,也就是说是为了二十一世纪才牺牲自己的对不?"

"这有关系吗?"

说得对。

一点关系都没有。

"嗯，岩濑同学啊，来我们班了，说是让我把这封信交给矢崎同学和山田同学。"

在圣母马利亚露出慈祥笑容的教堂里，比圣母马利亚更美丽的松井和子这么对我说。这就是妖妇安·玛格丽特——佐藤由美推荐的话剧排练场地。这所位于车站旁高岗上的教堂，每每总会出现在佐世保风景介绍的明信片上，听说安·玛格丽特每周日必来这里做礼拜，从小至今，一直如此。没准那异常丰满的胸部就是这样给祈祷出来的，完全不输给真的安·玛格丽特，非常雄伟。有个叫岩山的男生，家里经营畜牧业，他成功偷看到女生检查身体的一幕，据他说，佐藤的胸部比他们家的牛还大，尽管我觉得可能是胡说。"上帝啊，保佑我的胸部变大些吧。"也许她从小就每个礼拜跟上帝这样祈祷。

尽管教会气氛严肃，不过三郎牧师很喜欢戏剧，所以话剧排练还算进展顺利。可我觉得没啥意思，从同志社神学院毕业后参加了大概半年文学座[1] 的三郎牧师时常会发表些自己的意见。

小哥，我们一定要走向拒绝的那一边哦。

小哥你错啦。

---

1 日本优秀的话剧团体之一。

拒绝有它自己的意义哦。

但又不在于它的内容。

这种事，我太清楚了。

在男孩被遗弃在雪地上的时候

我就明白了。

最重要的是，搭上一条命也要拒绝。

只有连性命也不要的拒绝

才能产生"豁出命去"的这种话。

安·玛格丽特就像演莎士比亚戏剧那样，张开双手，放开喉咙。虽然我觉得太做作太不自然，却得到三郎牧师的好评。他甚至对剧本也不满意，说"把小孩遗弃在雪地上"这种台词太不道德。

"哎，这有什么含义吗？表现手法太强烈了，有没有其他更好的方式呢？"

虽说是牧师，可我觉得他是个呆子。怎么可能有什么含义呢？只不过是从各种小说、戏曲中找出适当的句子拼凑起来的啊。

尽管如此，只要一看到简小姐，我的怒火就能全消。她坐在平常都是虔诚的基督徒低头祈祷的座位上，神情认真地来回看着我和安·玛格丽特在祭坛旁的表演。她的手肘抵着圣经台，托着下巴，阳光透过彩绘玻璃折射在侧脸上，宛如一张印象派的画。光是看着就已经让人感到幸福。这种幸福的感觉就像小学时买了最新一期《少年Magazine》，在阳光下边舔冰棍边看里面的《魔球投手》[1]连载一样。

唯独三郎碍眼，我边想边朝艾达玛瞥去。他正在看岩濑的信，一脸忧郁。

　　剑哥、艾达玛，我要离开岩矢山了。真对不起。我们三人一起张罗"清晨勃发盛典"的筹备工作真的很愉快，觉得每天都充满干劲。不过，我想干些自个儿的事，要是和剑哥一起的话，就干不成自个儿的事了。我想，只要剑哥和艾达玛搭档，再大的事都能办成。而我，也想干自己的，就算是再小的事也无所谓。

——岩濑在信上这么写道。

岩濑家与一些旅馆一起并排坐落在佐世保河上流的沿岸，是一间从线、纽扣、文具用品、福助布袜到化妆品一应俱全的小杂货店。

1　日本漫画家福本和也于1961年开始在杂志上连载的关于少年棒球的漫画。

从店外看去，有个像是他妈的人正拿着掸子打扫货架，神情煞是悠闲。无论从什么角度看去，都像是家普通的商店。文化这玩意儿真是可怕，我边想边拐到后门。

"哎，我说艾达玛，你不觉得文化这玩意儿有点儿可怕吗？"

"咋咧？"

"就像岩濑呀，要是没有那些外国文化的传入，他就不会知道齐柏林、魏尔伦，也不会知道番茄汁，在啥都不知道的情况下，以一个杂货店老板的身份终此一生。你不觉得很残酷么？"

"要这么说的话，咱俩不也一样？剑你也不就是个普通教师的儿子么？"

"扯淡，我可是**艺术家的儿子**，哪像你这种煤……"

正想说煤矿小镇出身，立马打住。因为艾达玛还没从陪酒女事件中完全恢复。

岩濑家有个小小的内院，院子里开着大波斯菊，还晾着衣服。都是些女式的大裤衩、短裤、衬裙之类的。男生内裤很少，因为岩濑有四个姐姐。

大波斯菊随风摇曳，从岩濑屋里传来吉他和唱歌的声音。

水塘里倒映着
蓝色的天空

我和你

走过的

永远是冬季……

唱歌的人正是岩濑。

"喂，这唱的是啥？在念经？难道岩濑加入创价学会[1]了？"

"别胡扯。"艾达玛又生气了，"咱可是来说服岩濑，三人合力完成盛典的。"……也许是矿区出身的人接触过太多灾害噩耗的缘故吧，才会有这个过于认真的缺点。

艾达玛轻轻敲了下玻璃窗，岩濑不好意思地笑着探出头来。

"我会出力帮忙的。"

岩濑开朗得出奇。"我会出演电影，也帮忙卖票，会场整理也会负责到底，不过，主办单位的名字里别加上我。"他这么说。

"这个么，跟剑哥和艾达玛都无关，责任不在你们。"

可艾达玛被岩濑的信伤到了，他总觉得是不是因为自己的加入，才导致我和岩濑的友情破裂。在教会甜蜜浓郁的时光过后，我们在咖啡厅"道"里决定去一趟岩濑家，试图说服他加入岩矢山。

---

1 日本当代宗教团体之一，其宗旨是推进和平、文化及教育，祈愿人类幸福。

"可是，岩濑，你这不是很奇怪吗？你要参加电影演出是不？又对我和剑没啥不满对不？那退出到底是为啥咧？俺咋也想不明白。"

艾达玛用矿区出身者固有的沉稳口气说。

"艾达玛，不是啊，我只不过是**讨厌自己罢了**。"

我和艾达玛面面相觑。对于一个十七岁的男生而言，除了追女孩，这种"我讨厌自己"的话，是绝对不会从嘴里说出来的。无论谁都会这么想的，既没钱又没对象的小地方里默默无闻的十七岁少年，任谁都会有相同的想法。因为正是在被人筛选，不知道会不会成为家畜的紧要关头，当然会这么想。一旦说了不该说的话，今后的人生确实会变得不见天日。

"只要跟剑哥和艾达玛在一起，怎么说呢，就会觉得自己的脑袋也好使起来，感觉确实不错，但做啥其实都跟我无关不是吗？怎么说呢，感觉好到连自己都觉得自己很了不起。可这反而让我觉得自己很悲惨，真的很难受。"

"**明白了**。"我说。岩濑说得没错，我也能理解，但是，就算他说的既正确又能让人理解，我们也未必可以给他勇气。所以，我不想再听下去。

"噢，对了，剑哥，从我工业学校的朋友那儿听说，你不是要让长山美惠出席开幕典礼吗？可是，工业头子好像看上了长山，已经放话说要教训教训你，听说每天都在找你，还是别找长山美惠了吧？"

临走时，岩濑把这些事告诉我。据说工业头子还是剑道部的一名主力。

我和艾达玛几乎啥都没说，默默沿着河道走着。岩濑这人非常低沉，低沉的人要靠吸收别人的能量才能得以生存，所以很难应付。用开玩笑的方式也行不通。

"艾达玛，别往心里去。"

我对低头不语的艾达玛说。

"对了，艾达玛，你不是说过我这个包不错吗？"

说着，我便指向写着"KEN·剑介"几个大字的橘色肩背包。

"来啊，我跟你换啊，艾达玛。"

"少来。"艾达玛看着我说。我是想让他拿我的包，充当工业头子袭击的替身，却被他看穿了。

到达咖啡厅"道"的时候。

六名手拿木刀的高中生，转眼就把我和艾达玛团团围住。

六名手拿木刀的男人把我和艾达玛团团围住。皱不啦叽的帽子跟破抹布没两样，上面有着**工业高中的校徽**。把把木刀都黑得发亮，看上去很是坚硬。艾达玛的脸上已经毫无血色。

"你，是北高的矢崎?"

满脸青春痘、看上去笨头笨脑的高个子问我。我双腿发抖，害怕木刀会在我点下头的那一瞬朝我飞来。为了克制住发抖，我偷偷用鼻子深呼吸。要是让对方发现我的怯意，他们定会越发生威，到时候想反击就难上加难了。

煤矿工是日本屈指可数的粗犷人种，在这种人堆里长大的艾达玛无论怎么说也太不强悍了。我们现在可是主办单位了，怎么没找些擅长打架的家伙陪伴左右呢? 不过后悔也为时晚矣。

进高中之前我偶尔也打打架，不过都是些小孩间的打闹。木刀、铁链或是刀子，只在《少年 Magazine》里看过。

"你是矢崎对不？"

青春痘又一次用更为可怕的声音逼问我。

"没错。哎呀，你们是工业高中的对不？那个，我也正等着你们，我们也有些话要跟你们说，去那家咖啡厅谈谈吧。"

我的声音大到足以让来往行人回头看，说着便迈开步子向咖啡厅"道"走去。青春痘一把搭住我的肩，拽住我。

"等一下。"

他不屑一顾地瞪着我。只见他下巴一抬，眉毛稍稍下垂，模仿不久以前流行一时的日活电影公司出品的动作片中男主角的样子。小地方中至今还留有这种造型。

"不是有话要说么？"

虽然我的腿还在抖，但仍以一副"我才不怕你呢！"的口气回应他，而且分寸还控制得不错。曾听老爸说过，要是被黑道围住，首先要做到恭谨而不失尊严。老爸说："以前，我二十多岁时，因为用棒球棍揍了镇上老大，也就是 PTA 的会长，结果被他的手下用匕首围堵。哎呀，要是挨了刀子，那就必死无疑了。那时剑儿你还小，如果只剩下你跟你妈，家里一定会陷入困境，所以无论如何还是先道了歉。可要是可怜兮兮地哀求，他们一定乐得揍我一顿。我就一边道歉，一边正气凛然地说，要是老大的儿子落到我的班上，恐怕他这辈子就完喽。或许是运气还不错，我就这样平安无事了……"

我们来到咖啡厅"道"微暗的店内，朝最里面的桌子走去。木刀和立领制服跟店里播放的西贝柳斯[1]的《芬兰颂》一点不搭。

为了围住靠墙坐在最里面的我和艾达玛，青春痘他们占了两张四人桌。木刀统一靠墙竖在一起。

至少脑袋不会立刻被打开花。

"各位，来杯咖啡怎么样？"

说着，我看了看青春痘他们。武力关系有了少许变化，尽管变化程度不大。看这些因汗水而变得油光破烂的制服就知道，青春痘这帮人是老式硬派的不良少年。既没有钱，也不会去游戏中心和咖啡厅。

因此，他们显得有些不习惯，无法镇定下来。我向一个面熟的服务员小姐点了八杯皇家咖啡。

"这个，我想大概有不少误会吧，关于长山同学的事，我们也觉得该跟你们头儿说说比较好。"

说到这里，青春痘他们面面相觑。

---

1 让·西贝柳斯（1865—1957），芬兰著名作曲家，古典音乐民族乐派的代表人物。

173

"长山的事？你们要说啥？"

青春痘大个子就坐在我面前的位置。

"没什么，我们想让长山同学出席我们的盛典，这个事应该跟工业的人说一下比较好。"

"听着，少唱高调。在店里我们是不能怎样，但出了这里，断你一只手什么的还是轻而易举的，你给我做好思想准备。"

我的腿又开始抖了。青春痘的硬派口气听起来不像开玩笑。

"你们是不是在卖票？"

他说的是清晨勃发盛典的门票。

"是的。"

"高中生就做那种事，你们觉得对么？"

"我们并没有想靠这赚钱的意思。因为场地的租借费、借扩音器材还有放映机什么的方方面面都需要钱。"

皇家咖啡来了，浸过白兰地的方糖在汤匙里直冒蓝白火焰。青春痘他们大概压根儿就没见过这种饮品，张大了嘴，就像第一次看到**大象**的江户人那般。无奈艾达玛也是一样的表情，我真没话讲。看来矿区出来的人果然不适合唬人，如果我们二人不能一同悠闲地喝喝皇家咖啡，这样做就失去了意义。

"啊，这个呢，就是皇家咖啡，不正冒着火吗？先要舔一下这个火，然后再一口气喝掉下面的咖啡。"

我开玩笑说着，谁知道青春痘一伙里看上去最笨的一个家伙，竟然真的舔了火焰。大喊烫死了烫死了，扔掉了汤匙，急忙大口喝水。

"你敢玩我们？"

青春痘大个子抢起木刀。皇家咖啡这套作战方案完全失败，而且适得其反。

"你是不是还给长山买了**长袍**？是啥意思？"

卖门票的钱已经收入八万多，所以花了七千两百日元的高价买了件纯白色的长袍，作为长山美惠的舞台服装兼电影中简小姐的服装。几天前把衣服拿给长山美惠看时，"哇，真漂亮，真想穿着它睡，借我两三天吧"，长山说完就拿走了。

"噢，那个啊，只是舞台服装而已。"

"少装蒜，可透明了。"

"啊？你看过啊？你不会是一生气就把它给扯破了吧？那长袍可要七千两百块咧。"

一说出口我就知道**完蛋**了，不过已经来不及。艾达玛看着我，像在说"你这傻瓜……"青春痘大个子大怒，原本那对小眯眼突然瞪得老大，我担心他该不会站起来用木刀朝这边砍来吧。

"不是啊，这个，这个长袍啊，不是要她光着身子穿的，是打算在纯和制服外面再套上长袍。也就说，这是件把纯真少女——

少女的心和对性爱充满憧憬这两种感觉同时体现出来的服装。"

艾达玛摇着头，好像在表示已经无回天乏术。从担心那件七千两百块的长袍是否被扯破，到引起对方极度的愤怒，我已经丧失冷静。

青春痘一伙站起身。

"好好享受这咖啡吧，要是没了牙，什么都喝不了喽，好好享受吧你。我们在外边等你，快点想想，想好就出来。"

青春痘一伙扔下这些话，出去了。我们脸色发青，说不出一句话，根本没心情品尝皇家咖啡。服务员小姐跑来问我们要不要报警，我想也没想就点头说好，可又马上意识到若是让警察或学校知道，清晨勃发盛典立刻前功尽弃，因此不得不阻止了小姐。

我们该联络哪里搬些救兵来呢？等在外面的青春痘一伙，人手已经增加到十多个。

在艾达玛的建议下，我给城串裕二打了通电话。

"剑仔，你门票也卖得太明目张胆了吧，听说旭高、南高还有商业高中那帮人已经放话要找你了，还说要给你点颜色瞧瞧。"

"现在人就在外边。"

"有多少?"

"开始是六个，现在已经有十五六个了。"

"全是剑道部的?"

"都拿着木刀呢。"

"剑仔，工业学校的剑道部可是高中校际比赛的全国第六哦，那个工业头子高二还拿得九州大会的冠军咧。"

"所以咧?"

"所以，就算我带十几二十个人去也没用。"

"就算这样我也不能叫警察吧。"

"身上带钱了不?"

"钱?"

"有没有两万左右?"

"有点卖门票的钱。"

"我去跟一个认识的老大说说看，你们等在那，立马打电话给你。"

"喂，等下，城串。"

"啥事?"

"能不能尽量搞便宜点?"

"头要是被敲破就不能念书了，蛋蛋要是被捏碎起也起不来咯。"

城串裕二来电说搞定一切，跑来的老大居然是以前老爸的学生。有一半黑人血统的老大带着青春痘他们进来，双方喝了杯苏打水表示和解。青春痘带着既憎恨又惊讶的表情离开了，心中奇怪我怎么会认识这种家伙。

老大用缺了小指的右手，一分不少地收下两万块之后问我：
"你家老头子可好？"

"以前经常挨他打，不过是个好老师。有一次，我画的教堂还
受到他称赞咧。老师，是不是很喜欢打弹珠呐？"

"啊？好像时常去吧。"

"跟他说，来京町的中央会馆打，在那里我可以让他全都
大开。"

"今后不会再发生这种事了，如果有什么事，随时叫我。"说
着，老大把黑西装往后一甩，啪嗒啪嗒踩着人字拖鞋扬长而去。

电影《致偶人娃娃与高中男生的练习曲》开拍了，是一部八
毫米、标准银幕、半彩显示的超大制作。

开拍当天，我们只拍摄了岩濑下半边脸部的特写以及身穿长
袍在长长的走廊里漫步的简小姐的剪影。没有故事情节，而是用
超现实主义手法表现出只能从喝牛奶的娃娃身上感受到爱的高中
男生的日常生活。

岩濑扮演的是一个一无是处的高中男生，在爷爷墓前捡到一
个赤裸的喝奶娃娃，从而产生了爱。那娃娃让男生做了美梦，梦
中部分由简小姐登场。

从增垣那借来的贝灵巧[1]喀啦喀啦喀啦喀啦运转着，让人心情舒畅。第一卷和第二卷操作失误曝光了，什么都没拍出来，不过制作电影真是件开心的事。

简小姐骑白马在清晨高原登场的那一幕，因为又付给老大两万块，只能放弃选用白马。虽然艾达玛推荐用白色秋田犬替代，不过我是怎么也不会同意这么做的。

最后，换成了艾达玛家隔壁饲养的白色山羊。于是，全员乘公交车跑去矿区出外景。

"我做了便当哦。"

天使拿出装着香喷喷的煎鸡蛋的饭盒给我们看。我正想要是能只跟她两人享受这盒饭就好了，这时，长相恐怖的司机在车里玩起了"猩猩的鼻屎"。那是个无聊的游戏，被问到你的名字叫啥，你喜欢吃啥，你住啥地方，你的兴趣是啥之类的问题，都必须只回答**"猩猩的鼻屎"**，笑出来的人就算输。简小姐和安·玛格丽特才被问了第一个问题，就笑到人仰马翻，而冷静的艾达玛总是胜利者。他总以一副"这种事情有那么好笑吗?"的样子一如既往地说着"猩猩的鼻屎"。

---

1 Bell & Howell，八毫米摄影机的品牌。

公交车开离市区，沿着小河进入山路。简小姐的头发在秋日的夕阳照射下闪闪发亮，安·玛格丽特被衬衣紧紧包住的酥胸摇晃着。脑袋看起来笨笨的丑陋司机向开心嬉闹的我们投来憎恨的目光，那目光让人心情愉快，让我觉得我们就像以前电影里看过的美国或欧洲的高中生一样。

小河缓缓地在身边流淌，芒草随风摇摆的草原上有只山羊。摄像机就架在上面的小丘上，原本打算拍摄身穿长袍的简小姐牵着一头白山羊漫步在草原的镜头，没想到山羊屁股对着镜头**稀里哗啦**拉起大便来，之后又突然跑起来，把简小姐撞翻在地。最后居然还发生山羊挣脱牵绳逃跑，艾达玛急急忙忙追出去五百多米的状况。

我们在河边享用简小姐做的便当，有饭团、煎鸡蛋、炸鸡块、西兰花和泡菜，除此之外，连梨也准备了。

岩濑在小鸟的啾啾声中弹起吉他，我们一起唱起西蒙与加芬克尔的《四月，她会来》。

在距离清晨勃发盛典开始前一个礼拜的某一天，我终于抓住一个和简小姐独处的机会。"空棘鱼"要我负责制作演奏中播放的幻灯片，我去找了简小姐来做摄影模特。

我们约在"道"碰面，喝了伤感的奶茶后，朝着美军基地出发。虽然不能进入基地内，但附近有很多漂亮的建筑，没有比这更适合作简小姐的背景的了。有像奶白色教堂一般的电影院、墙上爬满爬墙虎的军官宿舍、米老鼠钟楼、尖塔分别用粉色和蓝色油漆刷过的教堂、草地被精心修整过的棒球场、供柯利犬散步的石板路、枯叶飞舞的梧桐树道、砖瓦结构的仓库群……

"那……电影完成了么？"

简小姐纤细的手指将头发往上拨拢，朝着镜头微笑。

"嗯，就差剪辑了。"

"我，会不会拍得很怪啊？"

"不会，拍得很美。"

"那个山羊的部分也加进去了？"

"山羊不成，感觉完全不对嘛。"

简小姐邀我到了冬天一起去海边。

"冬天？不冷啊？"

"嗯。不过我还没看过冬天的大海呢。"

我想象着在寒风中与她相拥的场面，一颗心扑通扑通跳个不停。时间不知不觉流逝，等回过神来，周围空气已被黄昏的**淡紫色**笼罩。

"我呢，很喜欢现在这个时候……"

简小姐双手背在后面，踩着轨道的支线这么说。我跟在后面，生怕踩着她的影子。

"马上就结束了对吗？马上就天黑了对吗？可是，真的好美哦。我的心情是不是也是这样呢？是不是很快就会变化呢？"

"什么心情？"

"啊，矢崎同学，你真坏，人家送你玫瑰的时候不是说了么？"

我停下脚步，举起相机，说了**"喜"**之后按下快门，又说了**"欢"**后再次按下快门。简小姐好像很羞怯的样子，随后露出微笑。不过这完美的笑容并没有拍到相片里，而是消失在了黄昏中。

"鸡?"

艾达玛大声叫起来。这是在"清晨勃发盛典"开演前四天午休时发生的事。

几乎所有准备都已安排妥当，话剧《拒绝与反抗的另一边》就等开演了。可是，在牧师三郎的不当干涉之下，有场戏安·玛格丽特·由美·佐藤采取了满面泪水的新式演技，与我预想的效果产生了严重偏差。

电影剪辑已经完成，放映机、乐器、扩音器和喇叭也都准备就绪。

"鸡?"

艾达玛重复了一遍。

"没错。最好是有上二十只，不过有个八只左右也行。怎样，你知道哪儿能买到鸡吗？"

我打算在会场里放鸡。

"要鸡肉的话，就到肉店咯，不过八只鸡可吃不完哦！"

艾达玛误以为盛典结束后的派对上要吃鸡肉。

不是不是，我说。

"要活鸡。"

"你要活鸡准备做啥？难不成你要割鸡脖子喝鸡血？"

我给艾达玛看了张照片——《美术手册》中的一页，是地下丝绒乐队在纽约举行演唱会的场面。会场上有猪有牛，有许多关在玻璃柜里的老鼠，有一鸟笼的鹦鹉，有锁着链条的黑猩猩，甚至还有关在笼子里的老虎。

"你不觉得很牛吗？"

我指着照片说。

"弄些老虎、鹦鹉还有黑猩猩是很牛，但是弄鸡，不成了养鸡场了么？"

"你错了。"

不知道为什么，只要一说到逻辑性的东西，我就会变成标准口音。

"重要的是，要沿袭那种精神。**娄·里德**为了表现出世界的混沌，在演唱会中用了鸟和其他动物。至少我们该学习一下那种精神，不对吗？"

艾达玛已经完全习惯了我这套生搬硬套的把戏，"哼"地一笑。

"用鸡？来表现世界的混沌？"

不过，艾达玛还是很体贴的，说会打电话去煤渣山旁一个开养鸡场的熟人那里问问。艾达玛是忠诚的，但并非对我忠诚；艾达玛始终相信，但并非是相信我。艾达玛相信的是充斥在六十年代末的某种东西，并且对此忠诚，但要说明那东西是什么却很难。

那东西让我们自由，从束缚我们的单一价值观中解脱出来。

那天傍晚，我们去了养鸡场。

养鸡场位于煤渣山旁番薯田中央。散发着鸡粪的臭味，几百只鸡的叫声汇成一个声音，从远处听上去就像收音机里发出的噪音。

"干啥用？"

一看就是个养鸡户的小个子秃顶中年男人问我们。

"演戏用。"

我回答。

"演戏？是演养鸡专业户的故事？"

中年男人边在鸡棚里走边问，脸上的表情就像是碰到了不正常的人。

"不是，是演莎士比亚的戏，舞台上怎么都得用鸡。"

中年男人不知道谁是莎士比亚。鸡棚最里面的昏暗角落里，有二十多只无精打采的鸡正低着脑袋窝在那里。中年男人熟练地抓起那些鸡的脚，两只一组装进饲料袋。那些鸡挣扎了三两下便精疲力竭，随后就放弃了。

"这些鸡可真听话。"

艾达玛说。

"病了。"

中年男人说。

"病了？"

"嗯，所以没啥精神。"

"那，不是会传染给人的病吧？"

被我这么一说，中年男人笑了。

"不用担心，戏演完吃掉都没问题。说是生病，但怎么说呢，要是拿人来打比方，也就是个神经衰弱吧。"

有些鸡突然变得不再吃饲料，不过为数极少。中年男人说道。

被夕阳笼罩的公交车站，我和艾达玛的身影长长地印在马路上。夹在胳肢窝两边的四只饲料袋里不时发出鸡窸窸窣窣挣扎的声响。

"艾达玛，你说尽量便宜些尽量便宜些，结果道具才变成这种瘟鸡的。"

受到这些患有神经衰弱的鸡的影响，我们也变得无精打采。跟没有朝气的东西在一起，无论是鸡、狗还是猪，一样也会让人意气消沉。

"你说的是啥话，还不是你让俺尽量省着点花？因为你已经答应文艺盛典结束后，请松井和子吃牛排了。"

"啊？你听谁说的？"

"佐藤。"

"哦，是啊。我还想一定要拉上你和佐藤呢。"

"骗谁呢？你明明就想用卖门票的钱来和松井两个人去吃牛排的。"

"啊，那是你误会了。"

"好了，甭解释咧，那大伙一起去好了。"

"大伙？拜托，牛排可贵了。"

"就去月金饭店不就行了？俺已经预定好了。"

月金饭店是以特制肉包子出名的大众化中国餐馆。我曾梦想和心爱的恋人一同享用牛排和红酒。在拍摄照片的那个美丽黄昏，我邀约天使等文艺盛典结束后一起去佐世保最豪华的餐厅吃牛排。

天使微笑着低下头，我以为这是她表示同意的一种方式，没想到她跑去跟安·玛格丽特说，**太过分了**。

"你啊。"

"咋啦?"

"唉，我也承认你是有与众不同的才能。"

"谢了谢了。真的，我真打算跟你和佐藤咱四个人一块儿去的。"

"那岩濑咧?"

"噢，对，岩濑也帮了不少忙哦。"

"阿福咧? 要不是阿福咋借得到扩音器和喇叭?"

"没错没错。"

"城串咧? 城串帮忙卖了九十多张门票呢，而且工业头子那事也帮了大忙了是不? 还有增垣咧，借给了咱八毫米那玩意儿是不? 还有成岛、大泷和中村，他们不但帮忙卖票，还说要来会场帮忙是不?"

"真是谢谢大家了。"

"说啥话呢? 结束后不该感谢大伙儿请个客吃个饭? 对不? 虽说你老这样，但从佐藤那儿听说吃牛排的事以后，俺真有点伤心。没错，这的确都是你一个人的主意，可要没大伙儿帮忙一个人能干成不?"

唉，我怎么竟然是如此自私的人呢？连自己都讨厌起自己来，我流下了眼泪……这都是胡说的。我眼里还是只有雪白的餐巾、插着一支玫瑰的花瓶、银色的餐具、冒着热气的牛排、做工精美的酒杯，还有微微泛着红晕的简小姐的脸蛋儿。并不是我偶然偷喝的赤玉葡萄酒[1]，而是像血一样红、可以让女人失去理智的真正的葡萄酒。不知道谁在小说里这么写过。失去理智！失去理智的简小姐会……

"傻瓜，偷笑着想啥呢？你不就想着跟松井喝喝红酒亲亲嘴什么的么？"

我大吃一惊。艾达玛虽然不太善于形成自己独特的一套思考方式，但在解读他人想法这一点上却显示出天才的一面。

"错，我正在反省。"

虽然我用标准口音自嘲，但艾达玛并没给我笑脸。

一方面也是因为牛排和红酒的美梦破灭的关系，我看着逐渐失去色彩的天空，伤感起来，心想，我到这种地方来到底是为了什么。

另一方面，也许是受到面临关矿的矿区公交车站气氛的影响，当然，有可能也是生怕遭到艾达玛嫌弃而产生的不安感。

---

1 1907年起发售的适合日本人口味的日产葡萄酒。

"算了，这也是没办法的事。"

看着无精打采的我，艾达玛像是在自我安慰般喃喃自语道。

"剑，你是 O 型血对不？"

我点点头。

"O 型血，不太会为别人考虑。啊，而且还是双鱼座对不？双鱼座是最任性的，啊，而且还是长子对不？家里唯一的儿子，下面只有一个比自己小很多的妹妹。以上俱全的话，变成这个样子也是没办法的吧。"

艾达玛说漏了一点，我不但是双鱼座、O 型血、家里唯一的儿子，而且还是由祖母一手带大的小孩。

"像剑这样的人，假使不任性的话，也许反而会完蛋。"

艾达玛这么说着，视线转移到窸窸窣窣作响的饲料袋上。

"剑。"

"真的，我是真的打算请你和佐藤一块儿的。"

"这事甭提了，俺是在想那些鸡会不会觉得寂寞？"

艾达玛说的是被隔离在鸡棚一角的二十多只鸡，鸡棚里被强制喂食的肉食鸡们。不管是人还是鸡，只要稍微表现出一点拒绝的姿态，就会被隔离起来。

"文艺盛典结束后甭卖给肉贩子了，找个什么山放了吧。"

艾达玛看着饲料袋说。

晴朗的劳动感谢日，将近五百名高中生聚集到劳动会馆。

大泷、成岛、增垣和原北高全共斗的人在会场入口处散发着写有"粉碎毕业典礼"的传单，偶尔还能看到他们戴着安全帽演说的身影。城串裕二一伙用发蜡把头发固定得纹丝不乱，穿着西装和纯和、山手、商业以及旭高的女生们一起传着小瓶威士忌轮流喝。高中女生的时尚打扮形形色色，虽然有很多是穿制服的，不过也有染着头发、抹着指甲油、涂着口红、穿着紧身裙、百褶裙、粉色开襟毛衣、碎花连衣裙、牛仔裤等等各种各样的装扮。

岩濑甚至还瞒着我们偷偷做了油印本诗集来卖，每本十块。或许是来监视长山美惠开幕式的演出，工业头子一伙人也出现了，不过并没有带木刀。当山手学园的女生用抹着指甲油的手指夹着香烟跟他们搭话时，这帮子硬派居然也会脸红。四名黑人大兵要求入场，我答应了。盛典上除了杀人以外，什么都是被允许的。连"四拍子"的老板和"道"的服务员小姐也来了，服务员小姐还为艾达玛买了花束送来。北高英语剧团的女生们买来很多气球，在会场内放飞。那个摆平工业头子的混血老大和两个朋友搭起小摊，卖煮目鱼和苹果做的点心。

长山美惠把长袍套在泳衣外，配合着《勃兰登堡协奏曲第三号》在众目睽睽之下登场亮相。用胶合板和硬纸板做成的佐藤荣作、林登·约翰逊和东京大学正门的图像被她用斧头砍破。

"空棘鱼"开始演奏齐柏林飞艇的《全部的爱》[1]，阿福依旧是"Don't you know，don't you know"的唱个没完。也许是为了演起戏来放松些，安·玛格丽特第一个跳起舞来，只见她的大胸部在蓝色运动服下不停摇晃，引来黑人大兵的口哨声。紧接着，长山美惠两条被一身招牌绸缎黑色紧身裤紧紧包住的双腿也跨出了舞步。我把灯光打向她们俩，长山美惠镶有银丝的上衣在灯光下闪闪发亮。像是受到这光亮的诱惑一般，跳舞的圈子越来越大，到处都发生气球被踩破的状况，"空棘鱼"与话剧和电影交错上演，一共演奏了三次。看到自己的脸被放成特写镜头播出，岩濑露出羞怯的微笑。混血老大跑来身边跟我说，他完全看不懂电影的意思。即便如此也没打算离开，谁都没离开。天使一直陪在我身旁，当"空棘鱼"第二次作秀，开始演绎《当泪水滑落》[2] 的时候，我和天使面对面，四目对视着轻摇起身体。

唯一看起来不那么快乐的只有在会场上跌跌撞撞来回走动的鸡。

特制肉包、啤酒和爆笑的庆功宴之后，我和天使两人单独在

1 *Whole Lotta Love*，齐伯林飞艇乐队的代表作之一。
2 *As Tears Go By*，滚石乐队 1965 年推出的歌曲。

沿河小道上散步。这都是托艾达玛的福，他让我们两人单独在这秋夜里漫步，以此作为牛排和葡萄酒的补偿。

月亮，倒映在河面上。

"转眼就结束了呢。"

天使说。

"嗯，我看起来会不会怪怪的啊？"

"电影吗？"

"嗯，怪吧？"

"不是⋯⋯"

我正想说很美啊，可喉咙干涩，发不出声音。沿河小道上有个只有跷跷板和秋千的小公园。我们俩并排坐在秋千上，秋千晃动发出的嘎吱声比吉米·佩吉的吉他旋律听上去更令我遐想联翩。

"矢崎同学，我总觉得你像哪个人，今天总算知道了。"

"谁？"

"中原中也[1]。"

我的脑子一片混乱，中原中也到底是何许人也，一时半会想不起来。有这么一号演员么？从来没人说我长得像演员，这才想

---

1 日本诗人（1907—1937），深受昭和时代年轻人喜爱，被誉为"日本的兰波"。

起他是个诗人，一个早逝的诗人。

"我说。"

我强忍着快要裂开的胸口，决定说出一直想说的话。

"你接过吻么？"

天使笑了。我太难为情了，从头顶一直红到脚趾。天使慢慢止住笑，正视着我摇了摇头。

"很奇怪么？"

她说。

"大家是不是都接过吻呢？"

不晓得。我只能这么白痴地回答。

"我没接过吻。虽然没有过，却喜欢迪伦、多诺万他们的那种情歌。"

说着，天使闭起眼睛。秋千停了。快点快点快点快点快点，我的心脏剧烈跳动。我从秋千上下来，站到天使面前。发抖的不单单是膝盖，整个身体就像配合着河面摇晃的月亮一起颤抖，呼吸困难到居然想逃。我蹲下身子，注视着**天使的唇**。心想，我好像从未看过形状长成如此不可思议的活物。这美丽的活物，在月亮与街灯微弱的光线下呈现粉红色且呼吸着，还微微颤抖着。我实在没有碰触它的勇气。

"松井。"

被我这么一叫，天使睁开了双眼。

"冬天，我们去海边吧。"

我好不容易才想出这么一句。

天使微笑着点点头。

美丽的一天
（It's a Beautiful Day）

我不知道庆典之后的日子该怎么过。

听老爸说，那是我三岁那年夏天，第一次参加盂兰盆节时的事。三岁的我眼球完全被高台上的大鼓吸引住。踩着还很不稳的步子，穿过跳舞的人群，朝大鼓的方向走去。

木棒敲打绷着皮革的大型桶状物发出的富有规律的节奏和令身体随之摇动的声音，让我的眼睛发亮。"啊，这孩子该不会变成搞祭奠的人吧。"老爸当时就产生了这样不祥的预感。

别说1969年搞"清晨勃发盛典"时那个十七岁的我了，即使到了今时今日年届三十二岁，成了小说家，我一样觉得自己一直在不断追求盛典。

震撼三岁幼儿的高台大鼓之声，连接着五十年代的爵士和六

197

十年代的摇滚，让我甚至去了地球另一端观摩狂欢节。这究竟是怎么回事？

这难道不是一种想要追求**永远快乐**的心情么？

美军基地——佐世保的冬天，听起来总有点讽刺意味。这个位于九州西端的城市，面前的港湾总是风平浪静。

尽管如此，庆典结束之后的我，心中仍然企盼着冬天的到来。

因为我和天使简小姐约好了去看冬天的大海。

那天是圣诞夜。

我们约好在市营公交车的总站碰面。为了这一天，我给老妈揉了两小时的肩膀，还说了那么一通话："大学？我会好好念的。有了你们两个人的血统，没准儿我还非常适合当老师呢。您还别说，也许是妈您一直教低年级的关系，怎么总那么年轻呢。对了，山田也这么说哦，说剑的妈妈很像《战地钟声》里的英格丽·褒曼。""少胡说八道。""唉，妈，别这么说自己的儿子嘛。""褒曼真是漂亮，以前跟你爸一起去看过。那个，不是和亨弗莱·鲍嘉在机场告别的那个电影么？""噢，我知道，是《卡萨布兰卡》。""对对。""看啊，相册里不是有我还在上幼儿园时，全家一起去旅行拍的照片吗？那个上面哦，妈就跟英格丽·褒曼一模一样哦。""嘴巴怎么那么甜呐？到底是哪里像了？"这才让老妈给我买了件玛格丽格[1]的连帽大衣。

这是件奶油色的外套，内侧镶有橘色滚边，前边是双排拉链。身穿 VAN 的鞋子、袜子、长裤和毛衣，外加这件外套。这身打扮跑到沿海小村，再用标准口音说："这鱼干是比目鱼做的吗？还是飞鱼做的呢？"渔夫们保证以为我是东京人。我暗暗偷笑着，往脸上抹着老爸的维塔利斯[2]。

天使穿着藏青色大衣和一双系带靴，手上提着篮子，已经等在那里。在公交车总站混杂的人群中，当靠近那双迪士尼小鹿斑比似的眼睛时，我觉得简直就像在演电影，总觉得像是在被哪里的摄影镜头对着。路过一个正在唱铃儿响叮当的小孩，我摸了摸他的头。圣诞之夜，身穿 VAN 的毛衣和玛格丽格的外套，在有着小鹿斑比一样眼睛的女友陪同下的小旅行，如果所有人都能拥有我此时此刻的心情，世界上一切所谓矛盾的矛盾都将不复存在了吧。也许战争也将不存在，平和的微笑会成为唯一的秩序。

我们的目的地是唐津。

公交车上很空。会在圣诞夜去海边的，要么是喜欢西蒙与加芬克尔的浪漫而且有智慧的高中生，要么就是熬不过新年，决定

1 McGregor，知名服装品牌，在美国发迹，在日本发扬光大，至今已在全球 26 个国家生产销售，主打格子风格。
2 Vitalis，日本男士化妆品牌。

全家自杀的弱势家族吧。

唐津有漂亮的松树林，是个以波浪稍高的滨海海滨浴场和唐津陶器闻名的小镇。

"松井你念大学吗?"

"嗯，会念的吧。"

"已经决定了?"

"津田塾[1] 或者东女[2]，还有东短吧。"

我没看过《高三课程》和《萤雪时代》[3]，所以不晓得东短是什么，从单词的读音听起来，觉得似乎是个快乐的大学，于是表示我也要试着考考这所学校。"啊? 是东女的短期大学哦。"天使笑着说。"哎呀，当然是在开玩笑咯。"我满脸通红。

"矢崎同学，你呢? 你们班上的同学都考医学系么?"

"嗯，九成都考医学系，不过我是不行了。"

"是哦，我还在想要是矢崎同学成了医生，要找你看病呢。"这话到底是什么意思呢，我听了有些紧张。难道是敞开上衣让我摸摸胸部，躺下身子张开腿来……这一类的狂想像爆炸分裂般在我脑袋里不断扩延，不过我觉得在公交车里这样想对心脏不是很

---

1 指津田塾大学。
2 指东京女子大学。
3 两本均为日本国内定期发行的针对高考的杂志。

好，所以回想起艾达玛的脸，想着他对我说"不许想下流的事"，这样才镇住身体里的那团火。

公交车的终点站在唐津市街上。"现在不是去海边的季节，还是别去了。"司机这么对我们说，听起来像是嫉妒我们才故意搅局的。

车站距离海边还很远。我想，现在是上午十点，走上大约三十分钟，也就是十点三十分的时候可以到海边，在冬季的海边到底能挨多久呢？天使的篮子里一定有她做的午餐，一定是好吃到让人掉泪，不过中午就能吃完，接下来就无事可做了。要是熬不住寒风，很有可能发生打道回府的状况。而我想营造的是个浪漫的**黄昏**，有着能将一切都温柔地融合其中的淡紫色的空气。那空气可以把人类无用的理性暂时先排除掉吧。

"对了，松井，喜欢看电影么？"

唐津市街的拱廊入口处有电影广告牌。最后就是这部叫《冷血》的电影，打碎了我的美梦。

"嗯，喜欢。"

天使说。

"看哦，那知道《冷血》吗？"

要命的不懂装懂。

"不，我不知道哦。"

"那是杜鲁门·卡波特的原著，是名作中的名作哦。"

就这样，为了能在海边迎接黄昏的到来，我们决定去看《冷血》。不过，这部由卡波特原著改编而成的社会派电影，完全不适合今天有可能迎来甜蜜初吻的十七岁情侣。电影描写的是两名有着不幸过去的男子，犯下灭门惨案后，最终被送上了电椅。这是部表达细腻的纪录片风格的电影，扮演犯人角色的是个没有牙的演员，加之是黑白片，勒死人的场景逼真得有些过头，连我都忍不住闭上眼睛。电影院的座位靠背也坏了，还散发着一股厕所的味道。

《冷血》把天使搞得筋疲力尽。再没有比这更逼真更灰暗的纪录片了，加上播放时间竟然长达两小时四十分钟。整个过程中，天使好几次捂住眼睛，小声发出"呀!""怎么会这样呢?"的感叹。

疲劳、反省又后悔，使得我无法再去跟天使搭话。

两个人默默地走在通往海边的路上。

"矢崎同学，要不要吃我做的午餐?"

到达大风凛冽的海边后，天使说。她从篮子里拿出用铝箔纸包着的三明治，三明治里夹着奶酪、火腿、鸡蛋和蔬菜。不但附有小毛巾和装饰用的荷兰芹，甚至还有炸鸡。为了方便取用，炸鸡卷上了铝箔纸，上面还用粉色缎带打了个蝴蝶结。

"哇，看上去好好吃哦。"

我大声说，但《冷血》的刺激仍未消除，总觉得嘴巴里、食道里、胃里都干干的。尽管如此，我还是塞了满嘴的三明治。

风好大，远处的玄海滩[1]上可以看到高高卷起的白浪，不时还刮起细沙，我们不得不遮住脸和篮子。

"那部电影真可怕。"

天使边从水壶里倒红茶边说。

"你累了吧。"

"嗯，有点累。"

"对不起。"

"为什么这么说呢?"

"难得约个会，竟让你看了这种电影。"

"可是，那不是名作么?"

"嗯。杂志上登过的。"

"可是，这有必要么?"

"什么?"

"那种名作真的有必要么?"

"你指啥?"

"那是真事么?"

"是的，是真实的故事。"

1　位于日本九州西北部的广阔海域，因对马暖流经过，成为世界著名的渔场。

"那为啥要特意拍成电影呢？我已经知道了啊。"

"知道啥？"

"这世界上残酷的事情，我们不是已经知道了么？比如越战，还有以前的犹太人收容所之类的，可我觉得没有必要特意拍出这种电影。为啥一定要拍成电影呢？"

我无言以对，对于天使所说的，我完全理解。"为啥非得看丑陋的污秽的东西不可呢？"天使闪着小鹿斑比的眼睛说道，我却找不到答案。

松井和子是个温柔美丽而且聪慧的女孩，是在充满爱的环境中长大的女孩。即便《冷血》中描写的世界出乎意料地就发生在身旁，即便我们必须继续直观下去，最重要的还是天使最后说的那句："好想像布莱恩·琼斯[1]的羽管键琴琴声的那种感觉活下去。"

三明治几乎没怎么吃，我们离开了冬天的海边。

更别提接吻了。

1969 年就这样结束了。

艾达玛目前在福冈干发行人这一行当。由于出身于矿区那

---

1 布莱恩·琼斯（1942—1969），滚石乐队的创建人之一，是个靠直觉演奏的天才吉他手。

种极其偏僻的地方，所以非常向往跟洋玩意儿有关的职业。九年前，我开始发表小说登上文坛，处女作行销百万，名声大噪，整天被访客团团包围在赤坂的摩天宾馆里，当时艾达玛曾经来看过我。现在已经不会有这种事了，不过艾达玛来看我的时候，我是相当痛苦的。突然成名使我陷入非常紧张的状态，一直提防着避免回到和艾达玛一起游玩的过去的那些日子，所以我们几乎没怎么说话，艾达玛只喝了一些咖啡壶里快要凉掉的咖啡就回去了。后来我自己也喝了喝这咖啡，发现自己实在是个差劲的男人，竟然让跟自己一起度过十七岁的朋友喝这种味道的咖啡。

"空棘鱼"的贝斯手兼主唱阿福现住福冈，经营一家唱片行，是家卖爵士唱片的店，他偶尔也会策划音乐会。一有萨尔萨[1]和雷鬼[2]的好片子到货，他就会送来给我。碰面时我们都会唱詹妮斯·乔普林的歌，碰到忘词时，依然还是"Don't you know, don't you know"。

北高全共斗的大泷和成岛现在音讯全无，不过去东京的时候

1 一种结合古巴黑人音乐、美国爵士乐及南美民间音乐的舞曲音乐。
2 一种发源于牙买加的音乐。有美国灵魂音乐的风格，低音旋律强烈。

我曾去他们住宿的地方看过他们。他们通过考试，都上了都立大学。住的房间里堆放着安全帽、棍棒和传单，还有个素面朝天的女孩，穿着衬衣和牛仔裤。我们边听吉田拓郎边吃札幌最好的盐味拉面。

城串裕二成了医生。还在大学念医科的时候遇到过他一次。城串说，看到医学系学生证就拒绝陪夜的夜总会小姐，他至今为止只遇见过两人。

妖妇安·玛格丽特——佐藤由美婚姻幸福美满，现在应该还住在佐世保。

去东京的时候还常跟岩濑碰面，不过这几年失去了联络，听说他在池袋的夜总会当歌手，不过是真是假不得而知。他曾和一个想成为画家的女孩同居过，不过我们最后一次碰面时，他说两人已经分手。

长山美惠当了美容师。

爵士酒吧"四拍子"的足立老板，自杀死了。

负责审讯我的佐佐木刑警调职去了鹿儿岛，每年都给我寄来贺年卡。

"新年好，最近的不良少年真是一点也不可爱……"

工业学校的头子在佐世保重工业工厂上班的时候，被压榨机切断了四根手指头，不再玩剑道了。

混血老大洗心革面，在佐世保经营着一家咖啡店，店堂里装饰着许多我的画报。

川崎和相原两位体育老师，因为工作调动已经不在佐世保。

班主任松永从北高退休后，好像在哪里的女子高中担任讲师。我成为小说家之后，他有一次用和高中时同样的语气对我说教。

"矢崎，太难看了，能不能去剪一剪头发啊?"

校园封锁的第二天拉住我的领子哭的学生会主席，在京都大学就读时加入了赤军，后来在新加坡遭到逮捕。

在校长办公桌上拉大便的中村，在长崎从事活动企划的工作。

一次我去演讲时，他还一脸高兴地说："我一直担心总有一天大便的事会被你写出来，结果还是写出来了。"

和天使简小姐——松井和子的恋情，在1970年2月一个下着雨的礼拜天，由于她单方面的变心而宣告结束。

因为天使交了个比她年长的男朋友。

在这个男朋友上了九州大学的医学系、天使进了东短之后，尽管我们的**关系变得若即若离**，但还是以吉祥寺为中心，约会了好几次。当井之头公园樱花飘舞的时候，天使告诉我打算跟男朋友结婚的消息。当天晚上我喝了一瓶三得利、半瓶白葡萄酒和一瓶赤玉葡萄酒，咖喱饭和牛肉盖浇饭各来了两碗，然后又在深夜里吹起长笛，被同一栋公寓的小流氓抱怨"吵死了"还连打四拳。

我成为小说家以后，收到她好几封来信和一通电话。接到她的电话时，我正在听柏兹·史盖兹的《我们都孤单》。

"啊，是柏兹·史盖兹吧?"

"嗯，没错。"

"你还听西蒙与加芬克尔吗?"

"不，已经不听了。"

"是哦，不过我偶尔还会听听。"

"你好吗?"

天使没有回答。这通电话之后，我收到了她的来信。

……放着柏兹·史盖兹，又听到矢崎你的声音，突然觉得像是又回到了高中时代。虽然我也喜欢柏兹·史盖兹，但不会去听。从去年到今年都是些不如意的事，所以现在常听汤姆·威兹，想忘掉那些不如意。不过，真要把它们全都忘掉的话，是不是需要另一种生活方式才行呢？……

信的最后，她打了一段保罗·西蒙的歌词。

Still Crazy after all these years . . .

想必简小姐一直会如同布莱恩·琼斯的羽管键琴琴声那般活下去吧。

那些为"清晨勃发盛典"出过力的鸡们，如同艾达玛提议的，被带到关矿后的煤区放生了，一时间还成了地方报纸的报道内容。

"十足健康，野生鸡

可跳跃 10 米之远！"

这本书写的是 1969 年，我还是高中生时发生在身边的一部分事。

1969 年出生的人现在（1987 年 5 月）有可能已经是高中生了吧？

如果可以的话，希望他们这些人读一读这本书。

这是本快乐的小说。

我是怀着"今后再也写不出这么快乐的小说了吧"的心情来写的。

书中登场的人物几乎都真有其人，对于当时快快乐乐生活的人，我都作了正面描写，而对于活得不那么快乐的人（老师、警察，还有其他一些大人们，以及一味顺从的窝囊学生），我都进行了彻底的反面描写。

不快乐地生活是种罪孽。我至今无法忘却高中时代对我造成伤害的那些老师。

除了为数不多的几位纯属例外的老师，其他那些当真是想从我这里夺走非常重要的东西。

他们不厌其烦地持续着将人类变为家畜的工作，他们是"无聊"的象征。

这种情况至今仍未有所改变，而且有可能愈演愈烈。

但是，无论哪个时代，诸如教师还有警察这种大权在握的人们都是很强势的。

只是拳打脚踢一场，最后吃亏的还是我们。

我想，唯一的报复方法，就是活得比他们快乐。

快乐地生活需要能量。

那就是斗争。

直到今日我都在继续这场斗争。

这场让所有无聊的家伙都能听到我的笑声的斗争，我想大概会坚持到我生命的终止。

本小说曾在《MORE》上连载。

非常感谢负责此事的水姓真由美女士，以及主编安藤金次郎先生。

　　在此表示感谢。

1987 年 4 月 20 日

村上龙

　　虽然说这部新版是为了配合电影《69》上映而出版的，执笔《69》这部作品也已是二十多年前的事，而且故事的时代背景又是在距今三十多年前的过去，可是，看了完成后的电影并没有感到"真老套啊"。当然，导演、编剧以及主角和演员们是年轻的，也许是受到他们的影响了吧。不过，无论剧本的编写、演出的安排以及演技的感觉有多年轻，若故事本身散发着陈旧味的话，可能电影内容也会让人感到老套。

　　不想造成误会的是，我并不认为《69》这部作品的题材永远是新颖的。只不过对"说不定日本社会从1969年前后起就没怎么变过吧?"这个问题一直保持疑问。当然，表面上来看，类似电脑、手机的普及之类的变化是巨大的，但对于每天被灌输的价值观、社会背景以及对基本事物的思考方法不是几乎都没大有变化吗？说没有变化也是指 1969 年之后，我们日本社会并没有对内外构造上发生的变化做好充分的准备。

当时实际上还发生了很多在《69》这部小说里没有描写到的事情。佐世保北高的全共斗是以粉碎 1970 年 3 月的毕业典礼为斗争方针而实行的，很多人因此退学。我非但没有参加那次斗争，还劝说朋友们"即便干那些事也毫无意义"。虽然被责骂"村上是墙头草！难道就这样放弃斗争了吗？"但我那时想，粉碎高中毕业典礼跟反对越南战争有什么关系吗？校方已经察觉到毕业典礼被锁定为行动目标，因而当时警察已在校内待命。我说："首先，没有胜算，就算组成列队冲入毕业典礼，也只不过是自我满足而已。"但行动实施者们都不理解。

在《69》这部作品中被作为"保守派"高中生来描写的学生里，很多人毕业后也在大学里参加了过激的政治活动。有的作为过激派重要成员在海外遭到逮捕，有的在被称为派系斗争的各类过激派组织的内部抗争中身负重伤。我不觉得这些人愚蠢，但也不觉得他们单纯。我认为，坚持一场没有胜算的斗争并不是出于单纯，而是因为模仿某些曾经有效的做法更容易达到自我满足的效果。

脑海里浮现出"斗争""粉碎""派系斗争"这些现在几乎已

经用不到的字眼，是因为看了电影版《69》后，再次对那股能量到底是什么进行了彻底的思考。现在初次接触《69》这部作品的年轻人，大概觉得那股能量是临时起意的，觉得剑他们的行动是胡闹、任性、冲动，也许就是因此才被抓住的。

但是，实际上剑他们并不是无计划的。那不是为了让大人们头疼的任性的恶作剧。任性的恶作剧指的是让大人们头疼，让大人们生气，但结果仍在社会包容范围内，让人付诸一笑的行为。我和我的朋友们在佐世保北高实际实施的那些事，至今都是不被允许的。虽然当时的老师们大多都已不在人世，但据说他们中的很多人生前一直对我有所怨恨。我们并没有得到大学里的反体制派的指导，也并非只想为了让学校头痛而已。我们实施的是经过周详考虑的"突然袭击"，是大人们不能理解的行为，也就是不能被看作是玩笑的东西，因而是绝对不会被允许的事。

我们这代人出生在因为《旧金山条约》而使日本重回国际社会的五十年代初，又成长在经济高度发展的时期。六十年代末的基地城市弥漫着越战的气息。与当时相比，日本现在富裕多了。但各种各样的问题并没有完全解决，被隐匿的差距才刚刚显露出来。我认为直面那些问题时，首先最重要的就是要放弃对无计划的憧憬！因为无论哪个时代，权利这东西都是强大的，所以即使采取与当权方一样的战略，其结果必定是被摧毁干净。所以至关重要的就是做到"去了解世界"！金原瞳小姐在给本书寄语的文章中这样写道："高中生们，放手去做吧！"我想那是指去了解世界的时候，"鲁莽的跳跃"也是必要的。据说金原瞳小姐是在弹珠房的休息室里读的兰波……只有用"去了解世界"这一科学的努力方法，才有可能实现超越当权方理解范围的战术。

SIXTY-NINE
by MURAKAMI Ryu
Copyright © 1987 MURAKAMI Ryu
All rights reserved.
Originally published in Japan.
Chinese (in simplified character only) translation rights arranged with
MURAKAMI Ryu, Japan
through THE SAKAI AGENCY and BARDON-CHINESE MEDIA AGENCY.

图字： 09－2004－395 号

图书在版编目（CIP）数据

　　69/（日）村上龙著；董方译. —上海：上海译
文出版社，2021.8
　　（村上龙作品集）
　　ISBN 978－7－5327－8784－5

　　Ⅰ．①6⋯　Ⅱ．①村⋯②董⋯　Ⅲ．①长篇小说—日本
—现代　Ⅳ．①I313.45

　　中国版本图书馆 CIP 数据核字(2021)第 128359 号

69

［日］村上龙 著　董方 译
责任编辑/吴洁静　装帧设计/山川制本　插画师/木内达朗

上海译文出版社有限公司出版、发行
网址：www.yiwen.com.cn
200001　上海福建中路 193 号
江阴市机关印刷服务有限公司印刷

开本 787×1092　1/32　印张 7　插页 5　字数 84,000
2021 年 8 月第 1 版　2021 年 8 月第 1 次印刷
印数：0,001—8,000 册

ISBN 978－7－5327－8784－5/I·5422
定价：69.00 元

本书中文简体字专有出版权归本社独家所有，非经本社同意不得转载、摘编或复制
如有严重质量问题，请与承印厂质量科联系。T：0510－86688678